COUP-
-PURE

Éditions Kiwi romans
5, rue de Charonne, 75011 Paris

Direction : Édouard Frison-Roche
Édition : Axelle Quéré et Marion Vergnolle
Direction artistique et mise en pages : Charlotte Thomas

ISBN : 978-2-492534-06-5

Florentine Hennon

COUP-
-PURE

kiwi
romans

26 juin 2021,

Pour Ludovique,

Pour votre courage d'oser changer de chemin.
que Tara vous emmène au pays du vrai...

« Il faut accepter les coups de pied de la vache
comme on accepte son lait et son beurre. »

Proverbe indien

Beau voyage et belle coup.pure,

Florentine

Dimanche 7 mai 2017

– Le nouveau président de la République française est…

C'est à cet instant exact que tout bascula pour moi. C'est à cette seconde même que je reçus une claque magistrale. Un choc si brutal que j'en fus propulsée par terre ! Assommée ! Littéralement ! Plus de son, plus d'image.

Au moment où Emmanuel Macron remporta les élections, je m'écroulai. Et quand je me réveillai, quelques minutes après cette brutale expérience, je ne fus plus jamais la même…

Coup de poing

– Tara ! Tara ! Ça va ? Réponds-moi ! Elle revient à elle… Un verre d'eau ! Donnez-lui un verre d'eau ! Karine, continue à lui faire du vent, elle transpire… Tara ! Regarde-moi… T'es avec moi ?

– J'ai la tête qui tourne… J'ai du mal à respirer… Qu'est-ce qui s'est passé ?

– Tu ne te souviens pas ?

– Merde… Les élections… Qui a gagné ? Qu'est-ce que je fous par terre ?

– Macron.

– C'est pas vrai ? Tu déconnes ?

– Non ! Je suis sérieux ! 65 contre 35 !

– Mais c'est… Aïe ! Ma tête ! Ça tourne…

– T'as mal ? On t'emmène aux urgences !

Non, je ne suis pas une frontiste qui a mal vécu l'échec de sa candidate. Je suis une femme comme tant d'autres, sans idéal politique, sans connaissance particulière de l'économie et des rouages de la société dans laquelle elle évolue. Une femme pas trop bête, optimiste, pacifique, sans histoires… enfin, sans grosses histoires. Une femme qui bosse, qui élève ses trois enfants, qui s'évertue à vivre de belles choses avec son deuxième mari, tâche d'entretenir de bonnes relations avec son premier mari, et tente tant bien que mal de survivre aux frasques de son ado de fils, issu de son premier mariage.

Si j'ai voté Macron, c'est pour sa jeunesse, pour son couple atypique, pour son envie de rassembler, parce que je n'ai jamais été ni de droite ni de gauche. Et surtout parce que j'avais terriblement peur que le Front national ne prenne le pouvoir. Depuis toujours, j'essaie de rester positive. D'être confiante, heureuse, équilibrée, enjouée. Mais c'est beaucoup d'efforts. Car au fond, je le sais bien, je suis une peureuse. Une angoissée refoulée. Une pessimiste qui le cache bien.

Mon homme part souvent en mer, sa grande passion ! Des semaines, des mois parfois. Je m'y suis habituée, c'est pour ça que je l'aime : pour sa grande liberté, pour son goût de l'extrême. Sa façon de vivre pleinement chaque moment. Moi, j'en suis bien incapable ; moi qui mentalise tout, moi qui préfère rêver mon destin plutôt que de le vivre.

J'observe souvent Jean ; je l'admire, je l'envie, je le jalouse même. J'aimerais tant être comme lui. Il est instinctif, il est corporel, il ne se pose pas de questions, il agit, il vibre, il ressent, il s'éclate. Moi, je réfléchis trop, je doute sans cesse et je déprime parfois. De plus en plus souvent. En cachette. Loin du regard des autres, le soir, ou tôt le matin, quand je suis seule. Je pleure en silence, culpabilisant de ne pas y arriver, de ne plus avoir le goût des choses simples, de ne plus savoir poser un regard bienveillant et serein sur ce qui m'entoure, de ne plus réussir à m'émerveiller. Je crois que je perds pied. Je sens que j'aime moins les gens. Je manque de plus en plus de confiance. Je crois de moins en moins en la beauté de la vie. Je n'ai plus le courage de me forcer à être heureuse.

Mais tout cela reste secret. Personne ne doit déceler mes angoisses et mon amertume. Je triche. Avouer mon malaise, c'est avouer mon échec. Je m'accroche donc comme je peux. Je mets toute mon énergie à aller bien. Pour mon chéri, mes enfants, mes amis.

Ce sacré dimanche 7 mai 2017, c'est donc avec mes amis de toujours que j'attendais fébrile les résultats du second tour. Fébrile… que dis-je… terrorisée !

Je n'aimais pas cette impression de malaise qui m'envahissait à mesure que l'heure du dénouement fatidique approchait…

J'étais crispée, la gorge nouée, les mâchoires bloquées. J'essayais de me débarrasser de ces insupportables fourmis qui dévastaient mon ventre en buvant au goulot une, puis deux, puis trois, peut-être quatre ou cinq, voire six bières bien fraîches. Mais rien n'y faisait. Je n'arrivais pas à me décontracter.

Lorsque le décompte commença, je fermai les yeux en me bouchant les oreilles avec les mains. « Je ne veux pas voir, je ne veux pas voir ! », murmurai-je entre mes dents prêtes à se fendre tellement je les serrais.

Et je ne vis pas. Je ne vis pas la silhouette d'Emmanuel Macron apparaître sur l'écran géant de la maison de campagne de Thierry et Karine, je ne vis pas l'explosion de joie de mon voisin, qui hurla de tout son être et balança ses bras en l'air, en signe de victoire, je ne vis pas son poing droit s'écraser sur mon visage, je ne vis pas ma nuque rebondir sur le mur derrière moi, je ne vis pas ma frêle personne s'effondrer sur les tomettes du salon.

Résultat : douze heures d'observation aux urgences. Rien d'anormal, je pus rentrer chez moi.

Contre-coup

– Eh bien ! Quelle soirée ! m'exclamé-je en m'écroulant sur le canapé de mon salon, encore groggy de cet étrange mélange d'émotions et de souffrances subi la veille.

Angoisse, panique, étonnement, douleur fulgurante, amnésie, incrédulité, euphorie, soulagement, mal de tête, nausées, fatigue, longue attente aux urgences…

Difficile pour moi de dérouler de façon claire et chronologique le fil des événements d'hier. Mon esprit est encore bien embrumé. Gueule de bois, choc du poing reçu en pleine face, contrecoup de l'annonce des résultats que j'appréhendais tant ? Un peu des trois ? C'est en tout cas dans un espace cotonneux, hors dimension, vitreux, et quelque peu tanguant que j'évolue ce matin. Tous les bruits résonnent encore dans ma tête : le son de la télé, les voix des amis, les cris de joie et de stupeur, les questions inquiètes au-dessus de mon corps affalé sur le sol, les injonctions de Thierry : « De l'air ! De l'eau ! Les secours ! »

Je me souviens de tous les sons, mais d'aucune image. Rien, écran noir depuis le compte à rebours énoncé gravement par le présentateur, jusqu'à ma reprise de connaissance. Quelques secondes. C'est long, quelques secondes, quand on quitte la réalité. Et que dire de cette douleur soudaine, surprenante, vexante lorsque la main de mon meilleur ami m'a écrasé la figure ? Du choc mou et sourd de ma nuque rebondissant contre le plâtre du mur derrière moi ?

Me revient aussi le rêve délirant dans lequel j'ai plongé dès que mon corps s'est avachi sur le carrelage. Un drôle de songe, dérangeant, désagréable : des termites. En voulant modifier la décoration d'un salon qui n'était pas le mien, j'avais déplacé un petit meuble de bois ancien. Des centaines, des milliers de termites s'en échappèrent sans que je ne puisse rien faire. Je m'en affolais, coupable de m'être mêlée de ce qui ne me regardait pas, angoissée de voir ces dévoreurs réduire en miettes la maison de mon amie. Pourtant, à mes côtés, la propriétaire des lieux ne semblait pas affectée. Elle observait, elle aussi, le spectacle impressionnant de ces destructeurs miniatures, toujours plus nombreux, silencieux, grignoteurs, imparables, infatigables. Mais contre toute attente, elle ne paniquait pas. Je pleurais, trépignais, criais à l'urgence.

– Vite, il faut faire quelque chose ! Appeler les spécialistes ! Il faut les exterminer avant que tout ne s'effondre !

– Il n'y a rien à faire, répondait ma compagne, ça devait arriver. On ne peut rien contre les termites. La maison va s'en aller avec eux.

– Mais c'est impossible ! Ensuite, ils iront ailleurs, et ils engloutiront d'autres maisons. Il faut les stopper, les tuer. On ne peut pas rester sans rien faire. Je ne peux pas laisser ta maison disparaître ! Je n'aurais jamais dû bouger ce meuble. Si j'avais su ! Si je n'avais pas jugé. Si je ne m'étais pas persuadée que j'avais bien meilleur goût que toi. Si je ne m'étais pas permis, ça ne serait pas arrivé. Nous serions toutes deux assises tranquillement au coin du feu ! Et là, tout s'écroule, devant nous !

– Tu pensais bien faire, affirmait l'autre femme. C'est ainsi…

Je frissonne et laisse échapper un « Beuuuh ! » tout en secouant les épaules, comme pour me débarrasser du malaise dans lequel me replonge ce cauchemar.

– Tu crois aux messages des rêves, Thierry ?

– Écoute Tara, tu es encore sonnée du pain qu'un pauvre gars t'a malencontreusement étalé sur la figure, mais je te rappelle que ce même gars vient de passer une nuit avec toi aux urgences et qu'il est sacrément en manque de sommeil. Alors, à ce moment précis, la signification des rêves est le dix millième sujet qui me tient à cœur. Tu m'aurais demandé si je crois au pouvoir énergisant du café, ou si les mots « douche » et « lit » ont un sens pour moi, j'aurais su te répondre, mais là tout de suite, à 10 h 30 du matin, tant que je n'aurai pas un expresso et un croissant dans l'estomac, plus aucune communication ni réflexion n'est envisageable.

Sur ce, l'ami de toujours fait couler deux *ristretti*, sort les viennoiseries encore chaudes de leur poche de papier, dépose le tout sur un petit plateau en bambou bleu ciel et vient s'installer confortablement à côté de sa vieille copine pour un petit déjeuner bien mérité.

Trente ans qu'on se connaît ! Trente ans qu'on ne se quitte plus. Thierry était mon voisin de classe en quatrième. Le prof principal avait fait un plan des tables, plaçant les élèves par ordre alphabétique : Tara Coudray, Thierry Coudret. Et le petit nouveau était venu s'asseoir à côté de moi. J'adorais les nouveaux. Curieuse et rêveuse que j'étais, je l'avais vu avancer vers moi, un peu gauche, mais l'air rebelle. Dents baguées, regard perçant, peau à peine abîmée par l'acné. Il était beau, pas trop mal fagoté avec son jean à revers, ses Converse, son sweat Chevignon et son sac U.S. Je m'étais aussitôt mise à imaginer une belle et grande histoire d'amour entre nous. Des regards, des mains qui se frôlent en lisant sur le même manuel d'histoire, des genoux qui se touchent furtivement sous le pupitre. Catherine, la peste de la classe qui tenterait de nous séparer, jetterait elle aussi son dévolu sur cette proie toute neuve. Le nouveau – comment s'appelle-t-il déjà ? Thierry… Oui, c'est ça, Thierry qui tomberait dans le piège de la tentatrice. Une dispute, des mots durs, un cœur qui saigne, deux… On ne se regarderait plus, on essaierait tant bien que mal de mettre de la distance entre nos deux chaises. Mais ce foutu plan de classe nous obligerait à partager la même table, les mêmes livres. Et puis Thierry écrirait des poèmes qu'il glisserait discrètement dans mon agenda, il me demanderait pardon, m'assurerait qu'il n'y a que moi, m'implorerait de lui pardonner. Et je finirais par craquer, toujours très amoureuse de lui. Nous continuerions notre scolarité ensemble, ensuite il devrait déménager, me privant de lui au lycée, mais nous nous retrouverions à la fac, et nous nous marierions, et…

– Waouh, t'écris à l'encre turquoise ! J'adore ! J'aime bien écrire au stylo-plume, d'ailleurs. Moi, c'est de l'encre violette, ça fait très *old school*, comme du temps de nos grands-parents. Regarde.

– Hein ? Heu… oui, c'est super beau, répondis-je en jetant un œil sur le cahier neuf et pourtant déjà rempli de dessins, graffitis, arabesques et autres croquis en tout genre. Tu dessines bien, aussi.

– C'est ma passion. Je dessine tout et tout le temps. Mais ce que je préfère, c'est le stylisme.

– Le stylisme ? m'insurgeai-je, interpellée par cet aveu.

– Ben oui, dessiner des fringues, quoi. Comme Jean-Paul Gaultier ou Yves Saint Laurent…

– Ah… C'est pas commun.

– Je sais, et je m'en vante pas à tout le monde, c'est pas toujours bien vu quand t'es un mec. Roi de la finance, ça passe, roi de la couture, ça casse…

– Pourquoi tu m'en parles alors ? On se connaît pas.

– Parce que t'écris à l'encre turquoise. Ça peut pas être méchant une fille qui écrit à l'encre turquoise… J'suis certain qu't'es un peu artiste, toi aussi…

Avec mes préjugés d'adolescente, je pensai que cette histoire d'encre devait être la preuve qu'il était gay. Je troquai sur-le-champ mon envie d'en faire un petit copain contre celle de devenir son amie.

Je l'ai tout de suite adoré. Maladroit, direct, franc, à l'humour décalé et souvent raté. Nous ne nous sommes plus quittés. Amis pour la vie. Amants, jamais. Jamais embrassés. Même quand j'appris qu'il n'était absolument pas homo ! Simplement créatif, sensible, artiste, d'où ce côté féminin que j'avais mal interprété en ce jour de rentrée de quatrième. Ah, si, peut-être une fois, à une soirée de Nouvel An. Un dérapage, rien de plus, qu'on a l'un comme l'autre voulu très vite oublier en se jetant immédiatement dans les bras de deux inconnus.

C'est marrant, Thierry est assis exactement du même côté que lorsqu'on était au collège. Rien n'a changé, finalement. Mon bras effleure celui de mon ami et cela me fait l'effet d'une madeleine de Proust. Tant de sensations renaissent, le rêve, la honte, les rires, la joie, la bonne humeur, la complicité. Tout me revient, comme si on avait encore 14 ans, quand on se prenait pour des grands alors qu'on trempait nos biscuits dans un lait chocolaté au goûter et que mes seins poussaient à peine – grand sujet de moquerie pour Thierry que je tentais de court-circuiter en me fichant des quatre poils qui ornaient le bout de son menton.

En ce lundi matin, calée contre lui, je revis toute notre adolescence. Me monte de nouveau aux narines l'odeur entêtante qu'il m'imposait chaque matin ; mélange de parfum *Drakkar Noir* et de savon *Bébé Cadum*. M'assaillent de nouveau les fous rires, et les vaines tentatives de les contrôler, qui éclataient toujours au moment où le prof d'histoire évoquait un génocide, la cruauté des nazis, ou la famine en Afrique.

C'est drôle, comme tout ce qu'on a vécu ensemble se réveille dans mon corps ce matin. Je n'ai rien oublié de nos bêtises, de nos engueulades, de nos antisèches communes, des grandes discussions enflammées, des musiques qu'on se faisait découvrir, Thiéfaine, Mano Negra, Noir Désir… Mylène Farmer (moi, je l'aimais bien… Quoi qu'en dise Thierry, c'était toujours triste mais dansant, un peu *dark*, mis en scène dans des cimetières, avec des chorégraphies impressionnantes. Toujours mieux qu'Iron Maiden qu'il écoutait à fond, la tête en avant, balançant sa longue chevelure imaginaire dans tous les sens). Non, je n'ai rien oublié de ces belles expériences, mais je ne les vivais plus, je ne les ressentais plus. C'était juste dans ma tête, un souvenir, un moment mort, une photo mentale entourée de nostalgie. Et voilà que le passé ressuscite, remuant mes tripes, faisant vibrer mon cœur. Mes souvenirs ne sont plus seulement cérébraux, ils se font aussi corporels, émotionnels.

Étrange… flippant… trop bon !

Coup de blues

Thierry vient de partir, non sans s'être assuré, par un interrogatoire des plus poussés, qu'il pouvait me laisser seule chez moi sans risquer un nouvel évanouissement.

– Ça va ? T'es sûre ? Tu n'as mal nulle part ? Tu ne vois pas trouble ? Ça ne résonne pas dans ta tête ? Tu ne trembles pas ? Pas de nausée ? Pas de vertiges ? T'es sûre que tu veux rester seule ? Je peux attendre que les parents de Jean arrivent avec tes enfants…

– Je vais bien, Thierry, je t'assure. J'ai juste un peu envie de vomir et je vois des taches, mais ça va…

– Quoi ? Tu vas vomir ? Attends, je vais chercher une bassine. Tu les ranges où ? Reste assise, bouge pas ! Merde, merde…

– Mais non, je déconne ! C'est pour t'embêter ! je lui réponds dans un fou rire.

– Putain ! Tu m'as foutu les boules ! Me fais plus jamais ça ! Enfin, si t'as retrouvé tes blagues de potache, c'est bon signe. Je peux te laisser sans surveillance.

– Mais oui… T'inquiète !

– Bon, j'y vais. Attends. Bouge pas, un coussin, t'as de l'eau ? Tu veux que je te fasse un thé ? Un petit casse-dalle ? Tu as tout ce qu'il te faut ?

– Sauve-toi, Thierry ! Je te signale que tu as un déjeuner avec tes beaux-parents, toi aussi. Ne cherche pas d'excuse pour arriver en retard, tu vas te mettre Karine à dos.

– Mouais… Tu as raison. Ça me saoule tellement. Tu veux pas te sentir mal pour que je sois obligé de m'occuper de toi ? me supplie-t-il avec une tête de petit garçon qui réclame un bonbon.

– File ! Ne m'utilise pas ! Je ne serai pas longtemps seule, mes beaux-parents me ramènent les enfants dans une heure. Et ils ont même tout prévu pour faire un barbecue ce midi.

– Te coltiner les parents de Jean sans Jean… Là, tu m'épates. Tu fais le concours de la belle-fille modèle ?

J'esquisse un sourire, tentative peu fructueuse d'adoucir le pincement de mon cœur.

– Sans Jean… Mais, ils sont adorables, tu sais. Et heureusement qu'ils sont là pour m'aider avec les petites.

– Tu as des nouvelles ?

– Il est coincé en Israël. Un je-ne-sais-quoi a cassé. Il attend la pièce pour réparer.

– Il ne te manque pas trop ?

– C'est le lot des femmes de marins. Je l'aime pour ça aussi.

– Femme de marin, mon cul, je te rappelle que c'est d'un prof de sport que tu es tombée amoureuse.

– Il ne m'a jamais caché son rêve. Il l'a réalisé plus tôt que prévu, c'est tout.

– Sage et patiente Tara.

Sotte et soumise Tara, plutôt ! me chuchote mon petit juge intérieur. *Si j'avais eu mon mot à dire. Si j'avais eu plus de folie, plus d'aplomb, plus d'estime de moi, aurais-je trouvé la force de ne pas subir ? De m'affirmer ? De vivre selon mes propres rêves ? Je joue la femme posée et heureuse de son sort. Je joue la femme patiente, amoureuse, qui accepte avec philosophie les absences de plus en plus longues de son compagnon. Mais la réalité est tout autre. Je suis en colère, je me sens injustement traitée. Avais-je réellement le choix quand il m'a fait part de ce besoin vital de fuir le lycée, de se mettre en dispo et de parcourir les océans ? « Vital » ! Que répondre à cela ? Que pour moi, ce qui est vital, c'est qu'il reste à mes côtés, que nous finissions ensemble ce qu'on a commencé : élever nos deux filles. Elles n'ont que 12 et 10 ans. Elles ont encore besoin de lui. J'ai encore besoin de lui. Pour moi, ce qui est vital, c'est d'avoir mon homme près de moi quand je me prends un coup sur la tête et que je passe la nuit aux urgences, c'est que ce soit lui qui me chouchoute et non mon ami d'enfance, que ce soit lui qui rassure les enfants et prépare un bon barbecue et non ses parents. Mais non, je n'ai pas le droit à ça. Ce qui est vital pour moi ne l'est pas pour lui. Alors, moi, j'attends mon heure, je ne dis rien. Je me soumets. Qu'il vive ! Qu'il vibre ! Il est vivant ! Alléluia ! Moi, j'élève ses gosses, je brique sa maison, je gagne notre salaire, je suis en mode automatique. Et puis, de toute façon, à quoi bon m'exprimer ? Qu'aurais-je à dire ? « Non, ne vis pas ton rêve ! Et moi ? Et mes rêves à moi ? » Il me répondrait, comme il l'a déjà fait, qu'il est prêt lui aussi à faire des concessions, que sa décision de tout quitter pour faire de la voile ne se prendra pas sans mon accord. Qu'il faut être deux pour ce genre d'engagement. Il me questionnerait, comme il l'a déjà fait, sur mes envies à moi, mes projets, mes désirs… Et je resterais muette, comme ça s'est déjà passé, cette longue nuit d'insomnie où j'ai cédé et priorisé son besoin, son idéal, son destin. Je resterais muette, car je serais bien incapable de savoir de quoi je rêve.*

– Tara… T'as bugué…

– Pardon… Je pensais à Jean. Il me manque.

– Je te demandais à quelle heure rentrait Oscar.

– Son père le dépose vers 18 h.

– Bon, super. Alors j'y vais. Je t'adore ! Appelle-moi si ça ne va pas, O.K. ? Ne fais pas la folle, hein ! Allez, repose-toi. Je t'appelle tout à l'heure.

– Merci mon chou ! Merci… Heureusement que je vous ai, toi et Karine… Bisous.

Et voilà. Je suis seule. Toute seule… constaté-je avec un mélange de soulagement et de frayeur. Troublante impression.

J'attrape un magazine que je me mets à feuilleter machinalement, cherchant à chasser les idées noires qui frappent méchamment à la porte de ma conscience…

Coup de baguette magique

– MAMAN !

La porte d'entrée s'ouvre sur une tornade d'un mètre trente-cinq qui s'élance droit sur moi pour m'étouffer de bisous. Et comme à chaque fois que je tiens ma petite Ambre contre moi, je renifle par réflexe la base de ses cheveux. Mais cette fois, c'est un feu d'artifice olfactif qui éclate en moi. Une force invisible vient décupler tous mes sens et me propulse dans une autre dimension. Toutes mes sensations sont aspirées vers le passé, voyageant à travers le temps à la vitesse de la lumière pour me téléporter dix ans en arrière, à la toute première seconde où j'ai posé mon nez contre la tempe de mon nouveau-né et que son odeur est entrée en moi, chaude, douce-amère, neuve, bouleversante. Cet effluve qui pourtant s'estompait petit à petit avec le temps… Eh bien, il vient de resurgir. Intact. Émotion vive et prenante, animale, puissante, sentiment maternel, primaire, instinct de vie, de protection qui nous lie pour toujours à nos enfants. Cette odeur de bébé, forte et subtile à la fois, enivrante, presque écœurante, qui envahit mes narines, mon corps, tout mon être, m'emporte sans ménagement dans un univers d'amour et de joie profonde.

C'est bizarre, ce qui se passe en moi. Bouleversement chimique, magique. Ce parfum m'imprègne comme si c'était la première fois que je le sentais. Pendant cette décennie, il n'y a pas eu un jour où je n'ai pas embrassé ce point précis, le reniflant telle une mère louve, et pourtant, j'ai oublié, avec le temps, ce que ça m'avait fait la première fois. Ma tête s'en souvenait, mais pas mes sens. Et ce parfum d'enfant que j'inhalais au fil des années n'avait plus rien à voir avec le souvenir que je me faisais de ce premier contact. Jusqu'à maintenant. Ça me fait chavirer, au plus profond de ma chair, de mes entrailles.

Déboussolée par ce qui vient de m'arriver, je rattrape Ambre qui se relève de notre câlin et l'attire à nouveau contre moi pour la respirer de plus belle. Par bonheur, la magie reprend. Ma tête s'emballe, saoulée de tant de sensations. J'ai chaud, froid, mon cœur bat la chamade, des frissons remontent le long de ma colonne vertébrale. Un mélange de plénitude et d'incrédulité m'imprègne. Des larmes coulent, se mêlant à un sourire radieux.

– Pourquoi tu pleures, Maman ? T'as mal ? C'est grave, ta bosse ?

Alors qu'Ambre commence à étouffer dans les bras de sa mère en pleine apothéose, Ève écarquille les yeux, mi-inquiète, mi-gênée devant cette démonstration de tendresse un peu trop mélodramatique à son goût.

– Je ne pleure pas, mon amour, rétorqué-je, brusquement rappelée vers une réalité bien plus actuelle.

– Ben si, tu pleures, soutient Ève, debout face au canapé, l'air digne et presque arrogant de la préado en train de juger déplacée la réaction bien trop expressive de sa génitrice. T'as des larmes plein le visage et ton mascara coule.

– L'émotion de vous retrouver, m'excusé-je, alors que ma plus petite en profite pour s'échapper de mes bras. Tu n'embrasses pas ta mère, Évounette ?

– M'man, j'ai plus 5 ans, Ève, pas Évounette… C'est ridicule ! ronchonne ma plus grande fille en me concédant un bref bisou sur la joue.

Si bref que je n'ai pas le temps d'essayer de humer sa tempe pour voir si le tsunami intérieur qui m'a submergée avec Ambre peut se réitérer avec elle. Un peu déçue de manquer cette expérience, j'esquisse un mouvement en avant pour me lever et accueillir comme il se doit Myriam et Pierre.

– Malheureuse ! s'écrie Myriam, qui me coupe dans mon élan. Ne bouge pas de ce sofa !

Ma belle-mère s'avance vers moi, l'air de circonstance de la visiteuse de malades. La tête légèrement inclinée sur le côté, le sourire compatissant, la voix doucereuse, elle se penche vers la souffrante que je suis, pose ses mains sur ses genoux à demi pliés.

– Comment va notre belle assommée ? Qu'ont dit les médecins ? Tu nous as fait une de ces peurs ! Quand ton ami nous a appelés pour nous annoncer que tu étais aux urgences, j'ai pensé au pire ! Et Jean, qui est si loin et injoignable ! Mais bon, tu n'as pas trop mauvaise mine. Vilaine bosse quand même.

C'est incroyable, mais à la seconde même où Myriam a ouvert la bouche, j'ai ressenti cet a priori négatif qui m'avait assaillie lors de notre première rencontre. Un je-ne-sais-quoi qui m'agaçait. Une irritation, quasi insignifiante, et surtout inexplicable, car ma belle-mère s'est toujours montrée gentille avec moi. Mais il y avait, dans son attitude, un petit quelque chose de mielleux qui me dérangeait et m'empêchait de la trouver sympathique, ce qu'elle était, pourtant, en toute objectivité. Au fur et à mesure des années, ce discret agacement s'estompa, jusqu'à ce que j'oublie que j'avais pu éprouver une petite irritation pour cette belle-maman si polie et arrangeante. Mais là, tout de suite, en la regardant, le visage tendu vers moi, avec cette mimique de sollicitude un peu exagérée, ce trouble de l'époque refait surface. Pourquoi maintenant, alors qu'il a disparu pendant treize ans ?

– Alors, Tara, à défaut de vous prendre une claque électorale, vous en avez reçu une bien plus concrète !

Pierre, mon beau-père, m'a toujours vouvoyée, ce qui n'empêche pas que je me sente plus proche de lui que de son épouse. Nous prenons beaucoup de plaisir à nous taquiner, l'humour étant notre trait d'union. Nous ne nous privons jamais de nous en servir pour resserrer en toute pudeur les liens qui nous unissent. J'apprécie cet homme droit, juste et bon. J'ai toute confiance en lui et je sais que c'est réciproque, même si cette complicité reste tacite, marquée par des rapports qui se veulent cordiaux et dignes.

Tandis qu'il vient de me lancer sa première vanne de la journée, tout en déchargeant dans la cuisine les paniers remplis de barbaque en tout genre destinée à être grillée sur le barbecue familial, je le redécouvre lui aussi, et me souviens du jour où Jean nous a présentés. J'étais tellement impressionnée. Je me sentais toute petite. Depuis que je le connais, je joue avec lui à ce ping-pong de la repartie respectueusement provocante, toujours drôle et fine, et ce midi, alors qu'il s'agite devant mon frigo pour entasser les trente kilos de saucisses, merguez, côtelettes et cuisses de poulet, achetés ce matin par sa prévenante épouse, il m'intimide.

Mais qu'est-ce qui m'arrive ? C'est Pierre ! Juste Pierre, le père de Jean, le mec avec qui je déconne depuis plus d'une décennie, que j'ai déjà vu en slip de bain, qui imite à merveille le canard boiteux, qui triche au jeu du pouilleux, qui est nul aux fléchettes, qui ne tient pas l'alcool, à qui je ne demanderai plus jamais d'accrocher un cadre (souvenons-nous de ce miroir ancien déniché dans une brocante qui a arraché tout un pan de mur et s'est brisé en mille morceaux en tombant). Pourquoi est-ce que je tremble en le regardant comme si j'attendais encore son verdict, comme si j'avais encore à prouver quelque chose, comme si je risquais de tout faire foirer si je n'arrivais pas à le séduire ? Ma vue se brouille, mon pouls s'accélère, mes mains sont moites.

– Je peux vous aimer… Heu, vous aiDer, Pierre ?

Merde, « Je peux vous aimer », vous AIMER ! Et pourquoi pas « baiser » ! Je suis dingue ou quoi ? En plus, ma voix est bien trop aiguë et elle chevrote… Qu'est-ce que j'ai ? Mais qu'est-ce que j'ai ?

– N'en faites rien, Tara, répond Pierre, qui a le tact de ne pas relever mon lapsus. Vous êtes encore en observation. Profitez que nous soyons là pour vous relayer avec les petites.

Coup de main

À 18 h pétantes, Oscar et son père arrivent. Comme tous les dimanches en quinze, sans exception, sans retard, sans encombre, sans oubli. Guillaume est toujours ponctuel, toujours respectueux des règles, toujours soucieux de bien faire. Guillaume est un homme charmant, qui ne cherche pas à séduire pourtant. Et c'est ça qui le rend si attachant. C'est cela qui m'avait plu, qui m'avait donné envie de vivre avec lui, c'est cela qui a fait de notre vie de couple un cocon confortable et sécurisé, mais c'est aussi cela qui a fini par me faire partir.

Et cette décision fut si difficile. Je n'avais objectivement aucune raison de le quitter. Un homme beau, attentionné, présent, à l'écoute, avec un bon salaire. Un prince qui me traitait comme une déesse, un père aimant et actif. Un bon amant, fidèle, qui ne m'a jamais trahie. Quelle culpabilité quand j'ai fini par m'en aller ! Quel poids sur mes épaules de pécheresse, devant cette décision jugée immature et cruelle par mon entourage. Ma mère, mes amis (à part Thierry, qui l'avait s'en doute compris avant moi)… « La crise de la quarantaine à 31 ans ! Un peu en avance la Tara, s'insurgeait-on. Elle quitte le mec idéal pour un prof de sport instable et complètement barré. »

Difficile de comprendre. Difficile de se mettre à ma place. Difficile d'imaginer que si je restais, je m'effondrais.

Car personne ne vit à quel point j'étais épuisée, usée. Personne ne vit combien je luttais pour rester à flot. À trop jouer celle qu'on n'est pas, à se perdre dans trop de confort, on s'éteint, l'air de rien, lentement, mais sûrement.

Pourtant j'ai tout fait pour entretenir le peu de lumière qui vivotait en moi. J'en ai lu des bouquins, j'en ai vu des magiciens, des médecins, des énergéticiens, des magnétiseurs. J'ai testé le tai-chi, le reiki, le yoga, le shiatsu, la pleine conscience, la PNL… Je me suis formée à moult techniques de développement personnel, j'ai lu tant d'ouvrages sur la guérison intérieure, le bonheur à portée de main, la connaissance et l'amour de soi, le bouddhisme, l'hindouisme, le chamanisme… J'ai tout essayé pour sauver mon amour, ma famille, mon envie, ma vie…

Puis, j'ai rencontré Jean.

Lors d'un de ces fameux séminaires, celui où j'ai rencontré mon animal totem. Jean était un loup ; moi, un colibri… Rien à voir, pas compatibles, et pourtant. Il m'attirait. Il s'approcha, je ne le repoussai pas. Nous fîmes l'amour. Sauvagement. Dangereusement. Délicieusement.

Je rentrai chez moi. J'observai mon intérieur, mes meubles, mes livres. D'un regard, je balayai mon territoire : mort, stérile. Ça n'était plus mon refuge. Je ne mis que quelques minutes à rassembler ce dont je ne voulais pas me passer. J'appelai Guillaume au travail pour lui donner rendez-vous dans un café.

Ensuite, je me rendis dans la chambre de mon fils, et m'assis au milieu de la pièce. Ainsi, bercée par les couleurs pastel, les matières douces et fraîches qui m'entouraient, je laissai couler mes larmes, remonter les sanglots, étranglés au début, puis de plus en plus puissants, libérant toute cette douleur que je refusais de vivre jusqu'à ce jour. Cette pièce était la seule que je regretterais, cette pièce que j'avais pris tant de soin à décorer pour l'arrivée de mon enfant, mon trésor. Oscar n'avait pas deux ans. J'allais le priver d'un foyer uni et équilibré, d'une famille normale, avec des parents qui s'aiment, s'accordent sur la façon de l'élever, se relaient pour l'encadrer, s'épaulent pour l'accompagner dans les moments plus durs. Par ma faute, il ne connaîtrait pas tout cela. Mais en restant, qu'est-ce que je lui offrais ? Un semblant ? Un mensonge ? Une douce illusion ? Un père démuni devant une mère qui s'abîme ?

J'envoyai deux SMS, l'un à la mère de Guillaume, lui demandant de garder Oscar une nuit de plus. L'autre à Thierry, pour lui emprunter les clefs de sa maison de campagne. Puis, j'éteignis mon portable.

Mon entrevue avec Guillaume, dans ce bar sans âge et sans style de la périphérie de Lille, fut un moment fastidieux mais pas déchirant. Guillaume, comme toujours, se maîtrisait. Défait, mais fataliste, il se doutait que cette situation arriverait. Il m'aimait tendrement, mais ça ne suffisait pas. Il le savait et il s'en voulait de ne pas pouvoir faire plus pour me garder. Mais il ne voulait pas être la cause de mon malheur. Et puis, il ne voulait plus souffrir lui non plus. Se sentir impuissant, inutile pour une femme qui lutte secrètement contre l'ennui, ça fait mal aussi. On ne s'en rend pas compte tout de suite. Au début, on garde espoir, on se dit que c'est passager, un baby blues, une période plus dure. « Ça reviendra, elle reviendra, à elle, à lui »... patience et compréhension. Mais je continuais de m'éloigner tout en luttant pour essayer de me rapprocher. Des allers-retours, j'en ai fait, mais sans jamais en parler, toujours en faisant semblant. En jouant l'amoureuse qui n'a pas envie de s'enfuir. Il savait tout cela, Guillaume. Alors, autant me laisser m'en aller, tâchait-il de se convaincre.

– Pars, Tara, vis ta vie, envole-toi. Que veux-tu que je te dise ? Que j'ai besoin de toi, de ton sourire, de tes idées folles, de tes petits seins, de ta manie de coller des Post-it fluo partout, de tes quiches, de ta façon d'assaisonner les légumes, des moments où tu mets la salsa à fond pour danser comme une damnée, de tes larmes d'émotion devant une pub pour saucisses, de la manière dont tu parles à Oscar, de l'amour que tu portes à tes élèves, de ta mauvaise foi aux jeux de société, de ta fidélité amicale, de ta finesse, ta souplesse, ta langueur… De toute façon, tu ne me quittes pas complètement. On reste liés, on a un enfant ensemble.

Il ne pouvait pas me retenir. C'était fini, il le savait. Il préférait avoir mal, très mal. Il savait que sa douleur résignée ne resterait pas toujours, que bientôt viendraient la colère et la rancœur. Qu'il finirait par écouter les autres, ceux qui me jugeraient, ceux qui me critiqueraient, qui me condamneraient. Il finirait par se ranger de leur côté, m'en vouloir, m'accuser. Mais il savait aussi que ça ne résoudrait rien, et que bien vite, pour le bien de nous trois, moi, lui, notre fils, il faudrait accepter. Faire avec et vivre libre, lui aussi. S'ouvrir de nouveau. Côtoyer d'autres femmes, se laisser charmer par d'autres voix, tenir d'autres mains, embrasser d'autres bouches, aimer d'autres seins, peut-être même vouloir vieillir avec une autre. Il allait falloir. Il n'était pas prêt, mais c'était ainsi. Petit à petit, notre relation deviendrait amicale, fraternelle avec un peu de chance. Nous passerions ensemble quelques beaux moments ; un Noël, les anniversaires d'Oscar… De nouveau, il me verrait sourire, rire, tricher aux jeux de société, embrasser notre fils. Et il aimerait ça. Simplement, sans pincement au cœur, sans arrière-goût de gâchis, sans jalousie pour le nouvel homme de ma vie.

– Tu sors de l'hosto, t'es censée rester sous surveillance cette nuit et tu dors seule avec les trois enfants ! Ce n'est pas sérieux, Tara, pourquoi tu ne m'en as pas parlé avant ? bougonne Guillaume.

– Ils m'ont gardée plus de douze heures en observation. Rien à signaler. Les quarante-huit heures de précaution qu'ils recommandent, c'est du flan. Ils disent ça à tout le monde pour se dédouaner de tout problème. Je vais bien, j'ai à peine perdu connaissance, juste un petit malaise de quelques secondes. J'avais trop bu, en plus. Y a rien de grave. Ne t'inquiète pas, j'ai déjà géré seule les enfants plus petits, et dans de bien plus sales états que ça.

– Ah oui, confirme Oscar avec une moue mi-moqueuse, mi-dégoûtée. Quand on a tous eu la gastro et que Jean venait de partir pour la Turquie. Tu allais nettoyer le vomi des filles à quatre pattes et tu gerbais dans leur bassine à peine vidée. C'était dégueu…

– Bon, pas besoin de détails, Oscar. Va plutôt nous servir une bière.

– Une bière ? Tu crois que c'est raisonnable ? s'inquiète Guillaume.

– C'est toi qui es trop raisonnable. Allez, puisque je ne dois pas rester seule, accompagne-moi au moins pour l'apéro.

– Je vais faire mieux que ça, je vais vous préparer mes spaghettis bolo ! Enfin, si tu veux…

– Oh yes ! s'exclame Ambre qui vient de descendre de sa chambre. Tu fais les meilleurs bolo du monde, Guillaume !

– Salut, princesse ! T'as encore grandi ! déclare-t-il en la faisant sauter dans ses bras.

– Qu'ouïs-je ? Des bolo ? Guillaume est dans le coin, c'est sûr ! ajoute Ève qui débarque en sortie-de-bain, cheveux enrubannés dans une serviette-éponge. Tu restes dîner ? C'est ton tour de garde pour la grande malade.

– Eh oui, enfin, si ta mère accepte de me supporter quelques heures.

– Ai-je le choix ? Vous avez monté une conspiration pour que je ne puisse pas refuser… Et puis… pour tes spaghettis, je suis prête à endurer ta présence toute une soirée.

– Cool ! s'écrient en chœur mes trois enfants.

Guillaume a toujours été adorable avec mes filles. Toujours cordial, voire amical avec Jean. Toujours prêt à rendre service, à prendre les trois enfants avec lui pour une activité, un resto, prêt à dépanner quand l'un d'entre eux est malade, prêt à nous prêter la maison de sa mère à la plage pour un week-end. Guillaume n'a jamais dérogé à sa réputation d'homme bon, droit, généreux, parfait… ou presque. D'autant que je me souvienne, malgré la peine que je lui ai infligée en le quittant, il n'a jamais essayé de me le faire payer. Il n'a jamais exprimé de reproches, d'impatience, ni fait preuve de mauvaise foi. Ou si peu. Quelques discrets mouvements d'humeur quand je me suis installée avec Jean. Une sourde colère quand il me voyait plus épanouie qu'avec lui. Quelques légères piques lors des longues absences de Jean, me signifiant tacitement que, finalement, un homme qui vous fait plus vibrer vous fait aussi plus pleurer. Mais c'était de bonne guerre. Il fallait bien qu'il se lâche un peu, qu'il sorte quelques fois ce qu'il avait vraiment sur le cœur. Depuis que nous sommes divorcés, je l'ai si peu vu avec d'autres femmes. Je ne doute pas qu'il ait eu quelques aventures, mais il est resté si discret à ce sujet que même Oscar, qui vit avec lui une semaine sur deux, ne les a quasiment jamais croisées. À part bien sûr Marie, qu'il a fréquentée quelque temps. Deux ou trois ans ? Je ne sais plus exactement. Mais ils n'ont jamais vécu ensemble. Oscar l'aimait bien. Elle était douce, jolie femme, très sensuelle, intelligente. Ils formaient un beau couple. Ils avaient les mêmes goûts, partageaient les mêmes passions : le golf, le tennis, les expos photos et la musique classique. Ils partaient souvent en week-end à la découverte de grandes villes européennes. Avec Marie à ses côtés, Guillaume semblait plus fou, plus jeune, plus enthousiaste. J'étais certaine qu'il finirait par emménager avec elle, l'épouser et faire un petit frère à Oscar. J'étais heureuse pour lui, rassurée, déculpabilisée. Il est vrai que je me suis posé beaucoup de questions sur le long célibat de mon ex-mari. Arrivait-il vraiment à tourner la page ? Avait-il réellement accepté notre séparation ? Pourquoi ne refaisait-il pas sa vie ? Pourquoi ne tombait-il pas amoureux d'une autre femme ? Pourquoi s'arrangeait-il pour être toujours fortement présent dans mon quotidien ? Et s'il m'aimait encore ? Et s'il ne pouvait pas m'oublier ? Alors, quand j'ai compris que sa relation avec Marie devenait sérieuse, je me suis sentie mieux. Il ne m'aimait plus. J'étais soulagée… et un peu jalouse…

Oscar dépose nos verres de bière fraîche et mousseuse sur l'îlot central de la cuisine et, tandis que Guillaume s'affaire déjà à émincer les oignons, je m'approche pour trinquer avec mon ex et le regarder cuisiner. Les arômes de tomate, de basilic, le fumet de l'oignon grillé me chatouillent le nez. La bière pétillante me fait saliver. J'en avale une belle gorgée, et j'embarque vers un nouveau voyage, gustatif, celui-ci. Je pense aussitôt au texte de Philippe Delerm, *La Première Gorgée de bière* :

> « Ça commence bien avant la gorge. Sur les lèvres déjà cet or mousseux, fraîcheur amplifiée par l'écume, puis lentement sur le palais bonheur tamisé d'amertume. Comme elle semble longue, la première gorgée ! On la boit tout de suite, avec une avidité faussement instinctive. En fait, tout est écrit : la quantité, ce ni trop ni trop peu qui fait l'amorce idéale ; le bien-être immédiat ponctué par un soupir, un claquement de langue, ou un silence qui les vaut ; la sensation trompeuse d'un plaisir qui s'ouvre à l'infini… »

C'est ça ! C'est exactement ça ! Une belle surprise, un nouveau plaisir, une nouvelle ivresse. Encore une fois, aujourd'hui, je m'étonne de me sentir vierge d'une expérience que j'ai pourtant maintes et maintes fois renouvelée. Combien de bières ai-je déjà descendues ? Des centaines ? Alors pourquoi celle de ce lundi 8 mai est-elle la première bière que je bois vraiment ?

Affolée et curieuse, j'attrape une cuiller et la plonge dans la marmite de sauce. Même chose ! Je n'avais jamais goûté de bolognaise avant ça. Je veux dire, si, j'en ai mangé des kilos, mais je ne savais plus la savourer. Je m'étais habituée, mais je viens de perdre l'habitude. J'ai retrouvé le plaisir intense du goût. Je lâche un soupir d'extase, les yeux fermés, les papilles en émoi. Le confit d'oignons se mêle à la tomate onctueuse et poivrée, le soupçon de basilic apporte de la fraîcheur, la viande est hachée à souhait, mon palais est sens dessus dessous. Il avait oublié à quel point c'était bon !

– Tara… Ça va ? s'inquiète Guillaume devant ma curieuse attitude.

– Oui, ça va. C'est juste que…

– Que quoi ?

– Non, rien… Ça va, ça va même très bien ! Et j'ai faim, ça sent divinement bon !

Oui, je vais bien. Très bien. Trop bien ? Depuis combien de temps n'ai-je pas ressenti autant de bien-être et de joie simple devant tant de petits moments de bonheur ? Depuis combien de temps n'ai-je pas été émue aux larmes, submergée par une nouvelle énergie vitale dont je me sentais vidée depuis tant d'années ? Touchée au plus profond de moi par des parfums qui ne me faisaient plus rien, des présences humaines auxquelles je m'étais habituée, des saveurs qui n'en avaient plus ?

Oui, je vais bien. Je profite. Je savoure chaque minute comme si c'était la première… et la dernière… Je ne comprends pas ce qui se passe en moi. Peu importe. Je ressens à la puissance mille et c'est tout ce qui compte. Et tant pis si je finis par succomber, noyée par tant d'effluves, de touchers, d'émotions. Tous mes sens sont bousculés. La vague est si forte. Je ne peux résister, je me laisse donc aller. Et c'est bon, c'est bon ce sentiment de faire du neuf avec du vieux !

La soirée se passe joyeusement, en famille, recomposée certes, mais il règne une ambiance chaleureuse qui laisserait à penser à un inconnu que ce foyer est composé de la maman, du papa et de leurs trois beaux enfants complices. Loin de lui l'idée que le véritable amour de Tara, géniteur adoré des deux filles, beau-père admiré du garçon, vogue en ce moment même, au large d'Israël.

Après le dîner à l'italienne, Ambre propose un Uno. Je triche, comme d'habitude ; je déteste perdre. Les enfants sont exaspérés, Guillaume amusé. Oscar sort ensuite sa guitare et improvise un petit concert, accompagné par Ève qui chantonne les derniers tubes de l'année et les « vieilleries », selon elle, des années quatre-vingt. Vers 21 h, Ambre s'endort sur mes genoux, et Guillaume la prend dans ses bras pour aller la coucher. Oscar et Ève se retirent eux aussi, chacun dans sa chambre. Je pique du nez sur le canapé. Guillaume réapparaît. Je crois qu'il m'observe dormir.

Qu'elle est belle ! Encore plus belle. C'était une belle soirée, comme celles dont il rêvait quand elle est partie, quand il se disait que ça finirait par passer. Et ce soir, enfin, il y arrive. Il l'aime comme une amie. Il a de la tendresse pour elle, mais il n'est plus fou d'elle. Il en aura fallu du temps, de la persévérance.

Aïe… Elle lui fait quand même toujours autant d'effet…

C'est l'endroit de son corps qu'il préfère, cette épaule qui s'échappe discrètement de son pull. Pourquoi est-elle si sexy ?

Doit-il la réveiller pour qu'elle rejoigne sa chambre ? Elle serait mieux installée dans un bon lit. Ou la laisser dormir là, en la couvrant de son plaid fétiche ? Partir discrètement ? Ou passer la nuit ici, avec Oscar, dans son lit deux places ? Après tout, Tara doit encore être sous surveillance. Et demain, dans quel état sera-t-elle ? S'il est là, il pourra l'aider à gérer. Il n'a pas de rendez-vous avant 9 h.

Coup de folie

Je m'étire. J'ai l'impression d'avoir beaucoup dormi, lourdement, profondément. J'ai pourtant fait de drôles de rêves. Un cheval m'emportait au galop sur la baie du Mont-Saint-Michel, avec un prêtre en soutane derrière moi. Quand l'animal stoppa, le prêtre descendit de la monture, me prit dans ses bras et me posa délicatement sur le sable. La suite, je l'ai oubliée.

Je cherche à lire l'heure sur l'écran lumineux de mon réveil. Deux heures du matin. Seulement. Je n'ai plus sommeil, mais je suis assoiffée. Je me lève pour me rendre à la cuisine et me servir un grand verre d'eau. Je descends tant bien que mal l'escalier, avance à tâtons dans le salon, me heurte à un objet non identifié, manque de tomber, lance un juron, me retrouve éblouie par la lumière qui s'allume aussitôt, et étouffe un cri de terreur quand j'aperçois un homme assis sur mon sofa, les yeux gonflés de sommeil et les cheveux en bataille.

– Ben, Guillaume, qu'est-ce que tu fais là ?

– Désolé de t'avoir fait peur. Tu t'étais endormie profondément. Comme je n'arrivais pas à te réveiller, j'ai eu peur qu'il arrive quelque chose et j'ai décidé de rester en observateur. Quand je t'ai portée dans ton lit, tu divaguais complètement, tu parlais dans ton sommeil, d'un père… Michel ? Et d'un cheval…

– Ah, alors c'est toi le curé en soutane, pouffé-je.

– Quoi ?

– Non, rien, un rêve débile.

– Comment tu te sens ? Je n'étais pas très rassuré, se justifie Guillaume, se sentant tout à coup gêné de ne pas avoir eu envie de retourner dormir seul chez lui.

– Bien, mais je n'ai plus sommeil et je suis déshydratée.

– On se fait un pisse-mémère ?

– Avec plaisir.

Je remplis la bouilloire et appuie sur ON. Je sors plusieurs boîtes de tisane et choisis pour Guillaume celle qu'il préfère.

– Verveine-camomille ? Tu n'as pas changé ?

– Pas changé. Prévisible…

– Rassurant.

Guillaume s'approche, deux tasses à la main. Je verse l'eau brûlante dans la théière, laisse infuser quelques minutes. Le silence règne. Je ne sais où poser les yeux. Soudainement, la présence de Guillaume me trouble. Cette proximité retrouvée me transporte dans le passé, ce passé si feutré, si prévisible, mais si sécurisant. Comme lui, comme notre amour. J'ai tant aimé cet homme. Je l'ai tant désiré. Son assurance protectrice, son self-control anglo-saxon me séduisaient plus que tout. Dans ses bras, j'étais une déesse, vénérée, immortelle. Il m'adulait. Il faisait ressortir ce qu'il y avait de plus beau en moi. Cette force paisible qui émanait de lui donnait envie de le suivre où qu'il aille, quoi qu'il fasse. J'ai tant pris plaisir à caresser ce grand corps épais, masculin, solide, ancré, à me blottir contre ce poitrail puissant, à écouter sa respiration sereine, posée. Ça me berçait. Cet homme stable, fiable était mon soutien, mon port d'attache, ma base, mon tout. Cet homme était le mien, j'en étais si fière, si amoureuse. Comment en suis-je arrivée à m'ennuyer ? À détester tout ce qui, avant, m'attirait tant ? Pourquoi ai-je eu besoin de me détourner de tout ce que j'adorais ? Cette nuit, tandis que je me tiens à quelques centimètres de celui que j'ai fui, je sens de nouveau la chaleur de son corps. J'ai un peu froid, j'aimerais qu'il me réchauffe, comme dans le temps, posant sa main sur mon ventre, m'entourant de ses bras, juste pour m'offrir sa chaleur, sa tendresse.

Mais qu'est-ce que je fais ? Je flirte avec mon premier mari, en pleine nuit, dans la maison de mon deuxième époux. Je suis folle ? Pourquoi mes sentiments pour lui se rappellent-ils à moi ? Pourquoi mon envie de lui resurgit-elle tout à coup, sans prévenir ? J'ai envie de lui. J'ai envie de sentir ses lèvres sur ma bouche, mon cou, mes seins. Je veux sentir ses mains sur mes hanches, mes cuisses. Je veux retrouver le goût de sa peau, le sel de sa sueur. Cet homme me manque. Son contact me manque. Je le sens si près de moi, me frôlant, m'invitant à me lover contre lui. Il me suffit d'un mot, d'un geste et il est de nouveau à moi, contre moi, en moi. Je le sais. Il me désire. Il m'attend. Il attend un signe, un encouragement et il m'embrassera dans la nuque, me plaquera contre le bar et…

– Tara ! Tu renverses l'eau du thé…

– Ah… mince…

– Attends, je vais essuyer. Ne te brûle pas…

Il soulève mon coude posé sur le bar, absorbe l'eau avec l'essuie-tout. Sa joue contre ma tempe. Je lève mon visage vers lui, embrasse son menton, sa lèvre inférieure…

– Tara, non, souffle-t-il en se dégageant.

– Tu n'as pas envie ? susurré-je, pathétique, en me recroquevillant sur moi-même.

– Bien sûr que j'ai envie de toi. Mais faut pas ! J'peux pas !

– Pardon, j'suis conne, je sais pas ce qui m'a pris.

– C'est rien. Mais t'es bizarre ce soir. Je vais aller dormir avec Oscar. Bonne nuit, articule-t-il un peu sèchement en se dirigeant vers les escaliers.

– Guillaume !

Il stoppe son élan et se tourne vers moi.

– J'ai pas tout gâché, hein ? Ça va rien changer entre nous ?

– Non, t'inquiète, se radoucit-il. Va dormir, t'as une tête de déterrée…

Je rejoins mon lit, accompagnée de mon mug d'eau chaude goût « nuit tranquille », de ma honte et de mon insomnie…

Coup de cœur

J'ai refusé de me mettre en arrêt maladie. Malgré l'ordonnance de l'interne, m'invitant à rester chez moi quarante-huit heures de plus, malgré les recommandations de Guillaume, de mes beaux-parents, de Thierry et de Karine, je n'ai pas voulu manquer l'école. Avec tous les ponts du mois de mai, je ne peux pas me le permettre. Les enfants prendraient trop de retard dans leur programme. Ils seraient agglutinés dans les autres classes, gênant le travail de mes collègues. Non. Je vais très bien : aucune douleur, aucune fatigue, aucun malaise. Certes, la nuit a été courte, mais je me rattraperai ce soir. Et puis, je dois bien l'avouer, rester seule à la maison, face à mes tourments, à mon juge intérieur, c'était au-dessus de mes forces. Pourquoi ai-je essayé d'embrasser Guillaume ? Quelle mouche m'a piquée ? Que m'arrive-t-il depuis hier ? Je suis lessivée. Pas physiquement. Tout va bien. Mais moralement, je vis dans un tourbillon incontrôlable d'émotions et de sensations fortes qui me déstabilisent.

Encore ce matin, quand je me suis retrouvée au milieu de mes élèves, je me suis sentie chamboulée. Une grande joie m'a submergée alors que je faisais l'appel. À chaque prénom énoncé, à chaque « présent » ou « présente » répondu, je levais les yeux sur l'enfant et l'observais vraiment, en toute conscience. Ouverte à ce qu'il était, une personne, belle et unique, un adulte en devenir, un être humain, avec tous ses talents, son potentiel, ses failles déjà visibles, ses blessures à venir. Un petit homme, une petite femme en construction. Je me disais que j'étais responsable de cet enfant, pour quelques semaines encore, avant de le laisser aller vers son destin, sans moi, livré à lui-même, guidé ou abîmé par d'autres adultes. Je me disais que je lui devais quelque chose. De la reconnaissance, de l'écoute, du respect. J'ai compris que j'étais aussi là pour l'aider à prendre confiance, à se connaître, à s'estimer, bien plus que pour lui transmettre un savoir. Et cette révélation m'a clouée sur place. Des larmes coulèrent, sans que je ne puisse rien y faire. Les enfants s'en sont inquiétés.

– Madame, vous êtes triste ? Vous avez mal ?

Je leur ai souri, essuyant mes larmes du revers de la main avant de leur répondre :

– Ce sont des larmes de joie. Je suis sincèrement heureuse de vous retrouver et mon corps exprime mon émotion en pleurant. Vous pouvez vous en réjouir, pas en avoir peur. Savez-vous ce que c'est qu'une émotion ?

L'heure suivante a été consacrée à un cours sur les trois centres d'intelligence.

J'ai dessiné au tableau un drôle de bonhomme composé d'un rond posé sur un cœur, lui-même posé sur un carré. Puis, je leur ai déclaré qu'un humain n'est pas qu'une tête, mais qu'il a aussi un corps et un cœur qui s'expriment différemment du mental.

– Malheureusement, nous vivons dans une société où on nous apprend à utiliser uniquement notre intellect. C'est un tort. L'intelligence corporelle, notre instinct, et l'intelligence émotionnelle, celle du cœur, sont aussi importantes ! N'oubliez jamais ça ! N'ayez pas peur de ce que vous ressentez, prenez soin de votre corps, faites confiance à vos ressentis, votre intuition. N'ayez pas honte d'avoir des émotions. N'écoutez pas que votre tête, soyez attentifs à votre cœur et à votre corps. Ainsi, vous deviendrez des personnes équilibrées.

Les élèves ont écouté mes explications bouche bée. Ils découvraient un nouveau monde, une nouvelle liberté. Ils étaient en train d'apprendre, avec un certain soulagement, qu'une colère n'est pas mauvaise si on arrive à la comprendre. Que savoir pourquoi on est énervé nous aide à nous sentir mieux. Ils étaient en train de réaliser que pleurer, ce n'est pas être faible, que c'est un moyen d'exprimer sa tristesse et de l'aider à s'envoler.

Nous avons passé une journée magnifique. Simple, mais puissante, où chacun prenait soin de l'autre et surtout de lui-même. Un vrai climat d'écoute et de bienveillance s'est installé. Un vrai plaisir de jouer ensemble les animait pendant la récré. Une vraie concentration les imprégnait lorsqu'ils étudiaient.

Je n'ai jamais vécu aussi pleinement une journée de cours. Voici une heure que mes CM2 sont partis, et je me surprends à m'ennuyer d'eux. Ils me manquent. Je n'arrive pas à me concentrer sur mes corrections. Je ne fais que penser à leurs petits visages subjugués par la curiosité, à leur envie d'apprendre la magie des émotions et le pouvoir des messages du corps. Ces enfants méritent plus. Ils méritent d'apprendre d'autres moyens d'expression, d'autres façons de se comporter, de vivre, d'aimer. Ils méritent de s'ouvrir au monde, à la différence, à eux. De défier leurs peurs, de ne pas s'enfermer dans celles de leurs parents ou de leur environnement. Ces enfants peuvent encore grandir sereinement, découvrir leurs talents, être encouragés et non stigmatisés. Ils ont encore la possibilité d'avoir envie, d'avoir confiance en l'autre, en eux, et de savoir révéler le meilleur d'eux-mêmes. Ils peuvent découvrir ce qu'ils aiment et veulent faire, et non ce qu'ils doivent bien faire.

Je voudrais les aider pour cela. Je voudrais les accompagner sur cette voie. J'ai trouvé ce que je veux : je me souviens à présent de la raison pour laquelle je fais ce métier, de ce qui m'anime, ce qui me guide. Je suis là pour oser. Pour insuffler un mouvement, une mise en avant. Voilà ma mission, voilà ma tâche. Voilà mon ambition et le rôle que je veux jouer.

Enthousiaste, je m'empare de mon carnet d'idées et me mets à écrire. Je note rapidement, fiévreusement tout ce qui émerge en moi. Mon plan de vie, ma vision, mes besoins, mes talents, mes promesses, mes engagements, mes peurs, mes défis… J'écris sans réfléchir, sans douter, sans me reprendre, sans me dire que c'est ridicule, que je divague, que je n'y arriverai pas, qu'on m'en empêchera, que ça ne se passe pas comme ça. Non, je n'hésite pas. Je suis claire, directe, inspirée, créative et plus que jamais motivée à incarner ce que je veux enseigner aux enfants : aimer, oser, vivre !

Coup de foudre

– Hello, mon amour !

Mon cœur a failli éclater en entendant la voix rauque et joyeuse de mon homme. Mon Dieu, comme il me manque ! Comme j'aimerais me jeter à son cou, le mordre, le griffer, respirer sa nuque, sentir son odeur naturelle, forte, celle du sportif, actif, de l'homme primaire. Je le veux, tout de suite, contre moi. C'est vital, c'est dans mes tripes, sur ma peau, dans mon âme. Je suis accro, folle de lui. Mais pour quelques jours encore, je dois être patiente, me contenter de sa voix, de son image que je scrute en permanence sur les photos qu'il m'envoie. C'est dur, mais c'est ainsi. Quand enfin il sera de nouveau à moi, ça n'en sera que plus beau, plus dingue, plus renversant.

C'est pour ça que je l'ai aimé si fort et si vite. Pour ces pertes et ces retrouvailles, ces hauts et ces bas. Dès le début, j'ai oscillé entre manque et plénitude, entre douleur et jouissance. Je me sentais vivante, enfin, après m'être endormie dans les bras trop immobiles de Guillaume. Oui, je me souviens. Je l'ai quitté parce qu'il n'a pas bougé. Parce que je voulais le suivre partout où il irait, mais qu'il n'est allé nulle part. Trop soucieux de me garder sous verre, de ne pas me faire souffrir, il n'a rien fait, il n'a rien proposé et je me suis ennuyée. Peut-être que s'il avait pris plus de risques, je serais encore avec lui. Quand je rencontrai Jean, je perdis toute notion de sécurité, de raison, de confort. Jean me fit immédiatement voyager dans un monde de fantasmes et de passions, fait d'aventures folles, d'expériences risquées, de jouissances extrêmes, de souffrances tout aussi profondes. Mais j'aimais ça. Enfin, c'est ce que je croyais. Je pensais que c'était le prix à payer pour la liberté et l'amour qu'il m'offrait. J'étais prête à tout pour me réveiller, retrouver l'impression d'être en vie !

– Jean, enfin ! Pas de nouvelles depuis dimanche après-midi, je commençais à m'inquiéter !

– Oui, mon cœur, je suis désolé, pas de réseau. Mais on n'est que mardi soir, ça fait deux jours seulement.

– Je sais… mais tu me manques tellement ! m'exclamé-je dans un sanglot.

– Ça ne va pas ?

– Si, si, ça va. Je suis juste un peu fatiguée. Avec tous les événements de ce week-end.

– Oui, j'ai vu les résultats des élections, à la poubelle la grosse Marine ! T'as dû faire une de ces fêtes !

– Ben, en fait, j'ai fini aux urgences…

– Quoi ?

– T'angoisse pas, y a rien du tout, Thierry m'a mis un coup de poing involontaire en explosant de joie à l'annonce des résultats. Et boum. Assommée. Mais je n'ai rien. J'ai repris le boulot ce matin et tout va bien. Plus de peur que de mal, mais je n'ai même pas pu célébrer l'élection de Macron.

– J'aurais préféré Mélenchon, mais bon, ça ne sera pas pire que le FN.

Je me crispe. J'adore mon mec, passionné, entier, volontaire. Nous sommes d'accord sur l'essentiel : le besoin de changer le monde, de rassembler les hommes tels de petits colibris, toujours plus nombreux, avec nos petits moyens, et d'œuvrer à notre échelle pour éteindre le feu de forêt. Chacun s'investit comme il peut pour participer à ce combat pacifiste. Nous avons en commun cette volonté d'avancer, de transformer la Terre en une planète meilleure. On en a passé des nuits à parler de la vie, des hommes, de l'amour. On en a élaboré des plans, des rêves. On s'est investis dans des associations, des projets collectifs. Mais question politique, ça pique. Je n'aime pas Mélenchon. Il me fait peur. Il est trop extrême, agressif, rageur pour être vraiment dans l'amour et l'accueil. Soit, Macron n'est pas un ange, mais dans mes diverses activités, j'ai eu l'occasion de rencontrer nombre de personnes qui travaillent avec lui ou ont rejoint son mouvement, et ces gens m'ont inspiré confiance : des humanistes, des révolutionnaires modérés. Comme moi, tellement pas comme Jean. Jean ne pense rien à moitié, Jean ne fait rien à moitié. Même s'il peut paraître égoïste pour certains, je sais à quel point il est généreux et empli d'amour. En tant que prof de sport, il ne s'est jamais contenté de faire ses heures à enseigner les règles du handball ou les rudiments de la gym. Il a toujours demandé des postes dans des zones difficiles. Il a toujours donné beaucoup de temps et d'énergie pour aider les jeunes à s'ouvrir et à se dépasser grâce au sport. Il leur a fait découvrir la boxe, la danse, le yoga. Il s'applique à leur transmettre le goût de l'effort, le plaisir du challenge, l'importance de l'esprit d'équipe. Il a toujours œuvré en dehors du lycée, organisant toutes sortes d'événements avec les éducateurs du quartier. Et même s'il s'est mis en disponibilité pour se consacrer à la voile, il a embarqué avec lui une équipe de jeunes pour leur faire vivre autre chose et les pousser à se révéler.

Jean est un mec bien, n'en déplaise à ma mère, ou aux amis qui m'ont tourné le dos quand je me suis installée avec lui, trois mois à peine après avoir abandonné mon foyer. Trois mois squattés chez Thierry et Karine, avec mon fils de deux ans, mon angoisse, ma culpabilité et mon désir viscéral de répondre positivement à la supplication de Jean de venir vivre chez lui.

Pour Jean aussi, ce fut un coup de foudre. Il fut envoûté par la peau dorée, la chevelure auburn de Tara. Il vit en elle une statue grecque, une divinité enfermée dans un corps de marbre sculpté, prêt à se fendiller à la moindre tempête. Et ce fut lui, la tempête. Pourquoi avait-il accepté l'invitation de son collègue, très branché ésotérisme, à se rendre à un stage un peu loufoque pour rencontrer son animal totem ? Même s'il s'était posé la question avec amusement, il comprit au premier regard que ce n'était pas uniquement sa nature curieuse qui l'avait mené dans ce coin perdu des Weppes, mais surtout son ange gardien qui le guidait vers la femme de sa vie.

Oui, Tara est bien la femme de sa vie. La mère de ses enfants. La reine de ses nuits. Le plus grand amour qu'il n'ait jamais connu. Il l'aime. Aucun doute. Et il s'en veut quelquefois de la faire souffrir avec sa folie et ses absences. Il sait sa patience, son endurance, le sacrifice qu'elle s'impose par amour pour lui. Il sait tout cela, mais il sait aussi que c'est comme ça qu'ils s'aiment. Que s'il se forçait à rester, à se calmer, il la perdrait aussi. Guillaume en a payé le prix. Il n'est pas comme lui et tant mieux. Jean apprécie Guillaume. Il n'en aurait jamais fait un ami, mais il n'a rien contre lui. Il le trouve sympathique, drôle et raffiné, mais trop droit, trop plan-plan, trop sérieux. Ils ne partagent pas grand-chose, à part le goût de cuisiner et le besoin que Tara soit heureuse. Il n'est pas aveugle, il voit bien qu'elle est toujours présente dans son cœur, qu'il est complètement gaga de son ex. Il est persuadé qu'il est prêt à la reprendre dès qu'elle lèvera le petit doigt. Il s'est débrouillé pour se faire aimer de leurs filles. Il est disponible, arrangeant. Mais Jean n'a pas peur, il a rarement peur d'ailleurs. Il s'en remet au destin. Si Tara doit être avec lui pour toujours, il en sera ainsi, sinon, c'est la vie…

– J'en peux plus de vivre sans toi, Jean. Rentre vite. Ça devient invivable. C'est trop long cette fois. Rentre. Rentre, mon amour !

Je n'arrive plus à me maîtriser. Je sanglote, je pleure à chaudes larmes. Je ne peux plus faire semblant. Je ne peux plus faire de compromis. Je veux que ce soit mon tour. Mon tour de vivre pleinement, de penser à moi, égoïstement, sans concession, sans tabou, sans arrangement, sans faire passer les autres avant moi. J'ai besoin d'être moi-même. De penser à mon équilibre à moi, à ce qui me fait du bien à moi. Que mon homme me suive, m'accompagne et m'encourage. J'ai besoin de lui, ici et maintenant. Et j'ai besoin de lui crier, passionnément, sincèrement, que ma vie n'est pas d'attendre, ma vie c'est aussi de vibrer, de profiter, de ressentir, de respirer à grandes bouffées l'air que j'ai envie de respirer, pas celui que les autres ont choisi pour moi, et surtout pas celui de l'absence.

Jean est pétrifié. Surpris et impuissant, il me laisse gémir, souffler, râler. Il me laisse exprimer mon ras-le-bol, mon impatience, mon refus de continuer ainsi. Il accueille, que peut-il faire d'autre ? Il m'écoute et il prend, il prend pour lui, il encaisse, il acquiesce. Puis, quand je me calme, il me pose la question, celle qui m'empêchera de dormir cette nuit aussi :

– D'accord pour te suivre, dès ce voyage terminé, Tara. D'accord pour qu'on réalise tes rêves à toi, pour qu'on prenne ton chemin, qu'on fasse selon tes choix. Quels sont tes choix, Tara ? Que désires-tu ?

– Je ne sais pas…

Je me suis tellement conditionnée pour fusionner avec mes hommes – mon père, puis Guillaume et Jean –, adhérer à leurs projets, adopter leurs choix de vie, que je suis bien incapable de répondre.

Quels sont mes choix ? Mes désirs ? Quel est mon chemin ? Je sèche. Page blanche. Je repense aux notes que j'ai prises quelques heures plus tôt sur ma mission, mon ambition. J'en suis si loin ce soir. Je ne suis plus sûre de rien, de ce que je veux, de ce dont je suis capable. Quels sont mes choix ? Mes rêves ? J'ai oublié ; l'ai-je d'ailleurs jamais su ?

Jean vient de comprendre. Il voudrait être là, il voudrait me prendre dans ses bras, me rassurer, m'honorer. Il dit, la gorge nouée :

– Je serai là dans une ou deux semaines. Sauras-tu patienter jusque-là ? Je t'aiderai. Je te le promets. Je serai là, et ce sera toi avant tout le reste. Toi et ce que tu voudras. Je serai là, promis, Tara. J'avais pas compris que c'était si dur. J'ai rien vu. Quel con ! Je serai là bien vite. Courage. Prends soin de toi. Je t'aime.

Je raccroche en émoi. Pourquoi me suis-je mise dans un tel état ? Je n'ai plus de filtre. Je pleure, je ris. J'accueille chaque moment fortement, sans bouclier, mes sens endormis se réveillent, mon cœur devenu hyperactif me fait vivre la moindre petite histoire comme un événement sans précédent. L'odeur de bébé d'Ambre, mon amitié d'ado avec Thierry, mes a priori sur mes beaux-parents, mon attirance revenue pour Guillaume, mon trouble auprès de mes élèves, mon besoin viscéral de sentir Jean contre moi…

Je devrais m'inquiéter de tous ces changements en moi, mais force est de reconnaître que je ne me suis jamais sentie aussi vivante. Je viens de vivre deux journées fantastiques, pas vraiment confortables et loin d'être de tout repos, mais j'ai aimé ce que j'ai expérimenté. Aussi, ce n'est pas l'angoisse d'un dérèglement quelconque qui me fera veiller tard cette nuit, mais cette interrogation qui me taraude depuis l'appel de Jean et qui résonne de plus en plus fort dans ma tête : quels sont mes choix ? Quel est mon chemin ?

Coup-er le cordon

– Tu ne restes jamais longtemps. On dirait que ça ne te fait pas plaisir de passer du temps avec ta mère.

Je soupire. J'entends cette phrase chaque mercredi, quand je viens boire un café chez ma mère pendant le cours de danse d'Ambre. Pourtant, aujourd'hui, elle m'irrite plus que d'habitude. Je suis tentée de répondre. Mais que pourrais-je lui rétorquer ? Qu'elle a tort ? Que lui rendre visite n'est pas une corvée ? Je mentirais. Chaque semaine, quand mon doigt appuie sur l'interphone annonçant ma visite hebdomadaire, je tressaille. Son énergie négative m'est insupportable. Je n'arrive plus à faire l'effort d'être sympathique et compréhensive. Son étalage de malheurs et de malchance me donne la nausée. J'ai du mal à ressentir quoi que ce soit de tendre pour elle. Je n'arrive même plus à éprouver de pitié. Je suis déçue par cette femme qui n'a pas su prendre la vie du bon côté, qui n'a jamais réussi à se remettre en question (a-t-elle au moins déjà essayé ?), qui prend un plaisir masochiste (et sadique ?) à exposer à son entourage la terrible vie que lui ont imposée les autres. Car, bien sûr, rien n'est sa faute. Ce sont son mari, sa fille, ses amies, l'électricien, le chirurgien, le psy, ses amants qui sont fautifs, méchants, égoïstes, pas elle. Elle a survécu à tant de mauvais coups, tant de mauvaises intentions. Et elle se targue d'être une guerrière, sachant supporter la douleur que lui infligent les autres, ses maladies, son destin, Dieu même !

Petite, je l'écoutais, je me sentais redevable envers cette mère qui sacrifiait sa vie pour m'élever dans la soie, m'apporter tout ce dont j'avais besoin et même ce dont je n'avais pas besoin. Sans cesse, elle intervenait dans ma vie, pour devancer mes envies, pour me conseiller, me couver, pour prendre ma défense dès que je vivais un conflit, auprès de mes professeurs, de mes copines, de mes amoureux. Je me disais que je lui devais tout. Que je devais lui être reconnaissante et fidèle pour la vie entière. Enfant surprotégée, j'étais pourtant bercée de ce refrain culpabilisant et incessant, qui disait toujours à peu près la même chose : « Si je suis malheureuse et si j'endure ma souffrance, c'est pour toi, alors, tu as intérêt à être heureuse, à te construire le bonheur que j'aurais voulu avoir, ainsi, à travers toi, je vivrai ce à quoi j'ai renoncé pour toi. »

Alors j'ai fait comme le voulait ma mère, tout en cherchant à retenir mon père. Mon héros, celui que j'avais tellement peur de perdre. Inconsciemment, je savais qu'il risquait de partir du jour au lendemain. Enfant, j'étais ballottée entre les deux, persuadée d'être plus qu'aimée, mais si seule, finalement, si peu respectée, sans aucun droit d'être moi-même, d'être autre chose que ce que mes parents voulaient que je sois.

Les choses ont changé pour moi quand mon père est parti. Quand l'abandon ne fut plus une peur mais une blessure. Quand ma mère m'en voulut du départ de Papa, quoiqu'elle s'en soit toujours défendue. Je pensais que devenir maman à mon tour m'éloignerait d'elle, l'empêchant de continuer à faire de moi son otage, objet du chantage affectif qu'elle avait mené pendant trente ans auprès de mon père. Mais ma mère, victime autoproclamée, devint de plus en plus envahissante, me laissant peu d'espace pour évoluer au sein de ma propre famille, avec Oscar et Guillaume. Elle tomba malade et je m'imposai de rester avec elle des heures à l'hôpital, lui offrant de dormir chez moi lors de sa convalescence. Peut-être que toute cette période a entravé ma vie de couple avec Guillaume. Lui, si serviable, n'a jamais râlé au sujet de toutes les visites que je rendais à ma mère, des dimanches complets qu'elle venait passer chez nous. Et notre intimité ? Qu'est-ce qu'il nous restait comme espace pour nous aimer, entre le bébé et ma mère ? Mais je m'exécutais. Sans me rendre compte que c'était toxique pour Guillaume et moi. Sans réaliser que Maman ne serait jamais dans mon camp.

Jusqu'au jour où je me suis séparée de mon mari. Je pensais naïvement que Jacqueline serait là pour m'épauler, qu'elle me comprendrait, ou au moins ne me jugerait pas. Que je pourrais compter sur sa présence, son soutien. Quelles ne furent pas ma déception et ma colère quand je découvris que c'était tout le contraire ! Elle me tourna le dos, me reprochant de foutre ma vie en l'air, d'abandonner un homme admirable, qui avait toujours été là pour nous deux… Pour *nous deux* ? Mais que disait-elle ? De qui parlait-on ? Elle parlait de Guillaume comme si c'était son mari à elle aussi. Et le masque tomba. Je compris enfin que Jacqueline, à travers moi, n'avait jamais aimé qu'elle-même. Qu'elle vivait par procuration. Que j'étais pour elle une poupée qu'elle avait habillée, façonnée à sa manière et influencée pour qu'elle choisisse un homme qui lui plaise à elle, avec qui elle aurait aimé vivre, qu'importe ce que j'en pensais, moi. Guillaume était un mari idéal pour elle, et sa fille n'avait pas le droit de lui gâcher son film, de lui casser ses jouets !

– Maman… Ne recommence pas s'il te plaît, je travaille, j'ai trois enfants…

– Et un mari absent, je sais ! Et c'est ce pauvre Guillaume qui vient à ta rescousse quand tu te retrouves aux urgences ! Incroyable ! C'est le monde à l'envers !

– Comment tu es au courant pour les urgences ?

– Eh oui, comment je suis au courant, puisque ma propre fille ne juge même pas bon de me prévenir quand elle se retrouve à l'hôpital ? Parce que, moi, je prends des nouvelles, contrairement à toi, ma fille. J'ai appelé dimanche soir sur ton portable et chez toi pour savoir si tu étais contente que Macron soit élu, pas de réponse, pas de rappel, alors le lundi matin, je me suis inquiétée, et j'avais bien raison ! J'ai envoyé un texto à Oscar, qui m'a répondu que tu étais chez Thierry, et les filles chez leurs grands-parents, qui, soit dit en passant, voient beaucoup plus les petites que moi… Bref, c'est là que Myriam m'a dit que tu avais passé la nuit aux urgences.

– Ah, O.K.

Je souffle, me préparant tel un boxeur qui entre sur le ring pour la suite de la discussion, sachant que les reproches de ma mère ne s'arrêteront pas là.

– C'est tout ce que t'as à me dire ? Ah, O.K. ! Tu te rends compte qu'on est mercredi, que je n'ai pas de nouvelles de toi depuis une semaine, que je te laisse des messages sans retour, que j'apprends par les autres grands-parents que tu t'es blessée, et rien. Toi, rien. Tu ne me dis rien.

– Mais que veux-tu que je te dise, hein ?! Y a rien de grave, pourquoi t'inquiéter pour rien, je savais pas que tu avais eu les parents de Jean. Ils ne me l'ont pas dit.

– Ben non, tu ne savais pas ! Tu as eu mes messages, mais tu ne les écoutes même pas ! Et tes beaux-parents ne t'ont pas dit que j'étais inquiète. Ils ne voulaient pas embêter leur belle-fille chérie avec les angoisses de sa mère ! Et puis, ça les arrange bien, eux. Comme ça, ils restent omniprésents avec les filles. Moi aussi, j'aurais pu les garder ce week-end, pourquoi c'est toujours eux qui le font ? Tu ne penses même pas que ça pourrait me faire plaisir.

Je suis seule, moi, je te rappelle. Et tu ne fais rien pour que je profite un peu de mes petits-enfants ! Je ne comprends pas… Pourquoi tu es si distante ? Tu as tellement changé depuis que tu es avec ce Jean. Je ne te reconnais plus, où est ma petite fille si gentille ? Ah, comme je regrette le temps où tu étais avec Guillaume, tu étais bien avec lui…

– J'étais bien avec lui ou toi tu étais bien, Maman ?

– …

– Ne me regarde pas comme si tu ne comprenais pas ! Oui, j'ai changé depuis que j'ai quitté Guillaume, et tant mieux ! Et non, je n'étais pas bien avec lui ! Toi, peut-être que ça t'allait bien, mais moi, j'étais malheureuse ! Et pourquoi je parle de ça avec toi ? Ce sont MES affaires ! Pas les tiennes ! Et non, je n'écoute plus tes messages toujours trop longs, ponctués de plaintes et de jérémiades. Et oui, je préfère que ce soient Myriam et Pierre qui gardent les filles, car ils ne se plaignent jamais, ils ne me reprochent jamais rien, les filles adorent passer du temps avec eux et j'ai beaucoup plus confiance en eux qu'en toi ! Et non, ce n'est pas parce qu'ils sont deux et toi seule. Oscar aussi va plus chez la mère de Guillaume que chez toi. Elle est seule et pourtant tellement plus simple et positive ! Et qu'est-ce que tu veux que je te dise de plus que la semaine dernière ? Que j'ai une bosse et que pourtant la vie continue, que cette semaine j'étais heureuse de retourner à l'école, de profiter de mes enfants, d'avoir mon Jean au téléphone, que c'est l'homme de ma vie, que ça te plaise ou non ? Et que cette vie me va très bien, même si je suis fatiguée de devoir me justifier tout le temps au sujet de ce que je fais ou non, même si j'en ai marre que tu me culpabilises sans cesse, même si je ne supporte plus que tu me reproches de ne pas être comme tu voudrais que je sois ? Je suis comme je suis, quoi que tu en penses ! Ah, dernière chose : je ne suis pas responsable de ton malheur. Personne n'est responsable de ton malheur. Il est peut-être temps pour toi de comprendre qu'être heureux ne dépend pas que de ce que nous impose la vie, mais de ce qu'on choisit d'en faire !

Soudain, je me tais, affolée par ma tirade. Immobile, j'attends le scud que va m'envoyer ma mère en retour. Un silence s'installe, interminable, pesant, menaçant. Le temps semble s'être arrêté. J'observe Maman : déconfite. Détruite ? Qu'ai-je fait ? Je viens de détruire ma mère. Je viens de tuer ma mère. *Game over*. Ma mère ne s'en remettra jamais. Je ne lui ai jamais parlé ainsi. J'ai toujours fui, esquivé, menti, même pour arranger la vérité, pour lui laisser croire qu'elle m'avait toujours sous sa coupe. Et en une seconde, tout vacille. Je lui ai tenu tête. J'ai été honnête. Honnête et donc méchante. Car là est la vérité. Rien de ma mère ne me donne envie d'être gentille. À part cette maudite dette que je pensais avoir envers elle et que je viens de réduire à néant.

– Bien. Ça a le mérite d'être clair, prononce doucement Jacqueline. Merci pour ta sincérité. Je n'avais pas vu les choses comme ça.

– Maman… Je…

– N'en jette plus. Je crois que nous avons toutes deux besoin de prendre du recul. Tout va bien. Ne t'en fais pas. J'encaisse. J'ai l'habitude…

– Non, ne remets pas ça…

– Non, non, je ne te reproche rien. Au moins, c'est sorti, on va peut-être pouvoir avancer. J'ai besoin d'être un peu seule. On se téléphone plus tard.

– D'accord. Je ne voulais pas te blesser, tu sais. C'est sorti tout seul…

– Je sais, je sais. Allez, va. Le cours de danse est presque terminé. Ambre va t'attendre.

– À plus tard…

– Oui, à plus tard.

J'attrape mon sac et ouvre la porte d'entrée.

– Tara…

– Oui…

Je me retourne, stressée. Est-ce que ma mère vient de se ressaisir et décide finalement d'entamer la troisième manche ? Je m'attends au pire.

– Même si tu penses le contraire, je t'aime…

– …

– Non, ne réponds pas, me coupe-t-elle. Tu n'as pas à te forcer. On n'aime que ce qui est aimable à nos yeux…

Je referme la porte. Seule, debout sur le paillasson devant le petit appartement de ma maman, je me mets silencieusement à pleurer.

De l'autre côté de la cloison, Jacqueline éclate en sanglots. Mère et fille pleureront ainsi plusieurs minutes, ensemble sans le savoir, protégées l'une de l'autre par quelques centimètres de plâtre.

Coup bas

Mon père m'abandonna à 30 ans. Mon père avait 30 ans ? Non… moi, j'avais 30 ans. J'étais une femme, une grande. J'avais un métier, un mari et je venais à peine d'accoucher. C'est ce moment-là que mon père a choisi pour se tirer. Puisque j'étais entre de bonnes mains, lancée dans la vie, mère épanouie d'un petit garçon robuste et à croquer. Puisque j'avais tout ce dont j'avais besoin, une jolie petite maison avec jardin, un métier, qui payait mal certes, mais qui me permettait selon lui d'être disponible pour les enfants quand mon fiscaliste de mari irait se tuer à la tâche pour ramener un vrai salaire. Un métier de fonctionnaire, bien pépère, sécurisé, sans risque de me faire virer. Un métier peu valorisant, éreintant, pas intéressant pour un sou à ses yeux, mais un métier de femme, avec des horaires de femme et des intérêts de femme : le métier d'institutrice, maîtresse, quoi. Les maîtresses, lui, il les voyait plutôt dans son lit, pendant que ma mère torchait mes fesses à grand renfort de : « Regarde tout ce que je fais pour toi ! Regarde comme je me sacrifie pour toi, regarde comme je suis présente dans ta vie et pas lui ! Regarde comme je me rends malheureuse pour toi. Pour ton bonheur, j'accepte ma peine, mais foi de moi-même, un jour tu me remercieras, ou tu me le paieras… » Et ce jour arriva.

Mon père m'a laissée aux mains de ma mère. « Démerde-toi, maintenant, tu es assez grande. Moi, je l'ai supportée bien assez longtemps. Trente ans ! Le bagne ! Oui, je te l'accorde, je n'étais pas toujours bien présent. Oui, je te l'avoue, en attendant ce moment béni, j'ai dû me jeter dans d'autres bras. Mais, tu comprends, c'était vital. C'était ma seule façon de tenir. Et c'est pour toi que j'ai tenu. Pour ne pas te laisser seule avec ce vampire qu'est ta mère. Maintenant que tu es adulte, je te la laisse. Cadeau ! Moi, j'ai donné ! » Et il s'est barré. Un beau matin, il a tout quitté, il a divorcé de sa femme, il a abandonné sa fille.

C'est grotesque ? ridicule ? pas très grave ? À 30 ans, on n'est plus un enfant. On n'a plus besoin de parents. C'est nous, le parent. C'est ce que j'ai pensé, au début. Même que je n'y ai pas cru. Qu'est-ce que c'est que cette mascarade ? Il fait sa crise de la cinquantaine ? On n'abandonne pas des enfants de 30 ans… On prend ses distances, du recul, on a des divergences, des disputes, des différences… Mais on ne se casse pas, comme ça, d'un seul coup, rejetant sans regret ceux qu'on a fabriqués et élevés. On ne tourne pas le dos, sans plus d'explication, à ceux à qui on a donné son nom, la couleur de ses yeux, ses longues mains, son goût pour la nature, son humour grinçant et ses genoux en dedans. On ne rejette pas ses enfants, même s'ils ont l'air grands. C'est du flan. En fait, ils sont encore petits. Ils n'ont pas grandi.

Papa est parti. Et ça fait mal. Voilà la vérité.

J'en ai souffert, même si je ne voulais pas le reconnaître. Blessée. Petite fille reniée. J'avais encore besoin de mon père, mon roi. Toute seule, je n'arriverais pas à supporter ma mère. Je ne pourrais plus me protéger de l'amour intrusif, sans frontière, sans pudeur de ma mère. Je ne pourrais plus garder mes distances, lutter contre l'invasion. Je n'avais plus d'allié. Ma mère pourrait prendre toute la place. Elle allait s'en donner à cœur joie. Pleurer, taper à la porte, téléphoner, écrire… Se plaindre, angoisser, ruminer, désespérer, déprimer, ne pas avaler, somatiser, se blesser, ne plus dormir, stresser, sangloter, reprocher. Encore et toujours, preuves en main. « Tu vois, ton père est un salaud. Je suis seule, sans le sou. Je lui ai tout donné, tout concédé. Je n'ai jamais été heureuse. Je l'ai fait pour toi. Pour toi… Pour toi… Et voilà comment on me dit merci… Il est parti. Et toi aussi. Vous menez votre vie. Et moi, je reste seule… Pourquoi vous m'abandonnez tous ? Pourquoi ? Moi qui vous aime et donnerais ma vie pour vous. Moi, moi, moi… »

Toi, oui, Maman, toi ! Toi qui m'as toujours emprisonnée, asphyxiée, culpabilisée. Toi qui m'as toujours étalé ta vie malheureuse, ton corps déformé par ta grossesse, éventré par ton accouchement, usé par trop de nuits sans sommeil, ton cœur meurtri par si peu de réponses à de si nombreuses preuves de ton amour étouffant. Toi qui ne m'as pas autorisée à grandir, toi qui ne m'as jamais laissée partir, toi qui as fait fuir Papa !

C'est ce que je pensais sans oser l'exprimer. C'est ce que je ressentais : du dégoût, de la colère, de la peur. J'étais un petit oiseau mal-aimé, qui faisait semblant d'aller bien et qui croyait que ça marchait. Je pensais avoir trouvé la bonne formule pour ne pas me laisser envahir. Mais, en moi, tout était en vrac. Ça pleurait à l'intérieur, mais je ne m'écoutais pas. « J'aime la vie », je me répétais. « Tout est dans la tête. Tout est volonté. Si je refuse de tomber, je resterai debout. » Mais à trop vouloir, on finit par choir…

Coup de gueule

Je referme, passablement énervée, le livre que j'ai entamé traitant de la parentalité positive. Comme à chaque fois que je me plonge dans ce genre de manuels, je me sens nulle, incapable et coupable. Nulle, car bien loin d'incarner la mère sereine et compréhensive qui connaît et utilise avec succès tous les rouages de la communication bienveillante et encourageante avec sa progéniture. Incapable d'appliquer ce que prônent avec tant de bon sens et de sollicitude ces auteurs qui ont certainement une vie familiale bien plus épanouie que la mienne. Et coupable de ne pas savoir comment me comporter avec mes enfants, comment être présente pour mon ado sans l'étouffer, comment doser encadrement et autonomisation, comment mettre en place une relation coresponsable. Comment communiquer avec les miens en sachant exprimer mes propres besoins, accueillir ceux des autres, enseigner à mes proches le respect de soi et d'autrui. Coupable, car incapable, car nulle, donc coupable, donc incapable donc nulle, car coupable car incapable, car nulle… cercle vicieux…

Quoi que je fasse, j'ai la désagréable sensation de m'enliser, d'être une mauvaise mère, responsable par avance du futur mal-être programmé de mes enfants. Plutôt que de me soulager, me guider, m'éclairer, ces modes d'emploi pleins de bonnes intentions m'angoissent en me mettant sous le nez tout ce que je fais de mal, condamnant ainsi mes enfants à un malheur inévitable !

Je me souviens de ce jour pluvieux de novembre où je me suis sentie sombrer dans cette dépression que je fuyais et craignais tant. J'étais jeune, belle, l'avenir me souriait, l'amour de Guillaume m'était assuré. Et pourtant, j'étais au bord du précipice et ça me terrifiait. Prise de panique, je me ruai à la librairie Le Furet du Nord. Ça a toujours été mon truc pour me rassurer : me réfugier dans les rayons surchargés de blocs de papiers imprimés de mille et une couleurs, mille et une phrases, mille et une histoires, de mille et un conseils avérés sur tout et rien – comment bien dormir entre deux rendez-vous, visiter le Liechtenstein, se débarrasser des taches les plus tenaces, apprendre à tricoter, devenir pro du Kamasutra, s'initier à la magie noire, cuisiner un bavarois… Au milieu des livres, j'ai l'impression de m'échapper, d'avoir accès à la solution. Parmi tous ces ouvrages, il y a bien quelque chose à apprendre, à découvrir… Une formule magique, un remède à mon spleen, une recette pour aller mieux.

Je passai des heures dans les dédales d'ouvrages aussi mystérieux que prometteurs. J'allai de l'étage des romans (pour aider ma pensée à fuir le réel) à celui de la psychologie (pour soigner ma déprime), en passant par le développement personnel (c'est nouveau, ce truc !), la philosophie (pour réfléchir au sens de la vie… la sagesse sera-t-elle mon eldorado ?), les religions (avoir la foi, ça pourrait me sauver), le spirituel (parce que décidément, j'ai du mal avec l'enfermement dans lequel me plongerait une religion), le surnaturel (soyons fous !), la médecine douce (les plantes, rien de tel pour redresser une âme tordue…).

J'en ressortis trois heures plus tard, guidée vers la caisse par une voix suave et métallique annonçant la fermeture, et chargée de deux sacs de pépites que je brûlais de dévorer : *Dis-moi où tu as mal* de Michel Odoul, *Les Quatre Accords toltèques* de Don Miguel Ruiz, *Leçons de vie* d'Elisabeth Kübler-Ross et David Kessler, *Le Chemin le moins fréquenté* de Scott Peck, *Le Pouvoir du moment présent* d'Eckhart Tolle, *L'Alchimiste* de Paulo Coelho et *Les Sept Plumes de l'aigle* de Henri Gougaud…

Je rentrai chez moi et me plongeai sans tarder dans mes nombreuses trouvailles.

Je venais de faire, sans vraiment m'en rendre compte, un pas vers la découverte de soi. Je venais d'entamer ce travail long et fastidieux qui consiste à enlever ses œillères et à s'élancer, en équilibre sur la poutre glissante qu'est la vie… Vertigineuse, risquée, exaltante !

Je quittais une terre qui devenait incultivable pour en chercher une où l'herbe me semblait plus verte. Je m'engageais, motivée mais maladroite, sur un tronc étroit, donnant sur le vide, trait d'union entre le ciel et le gouffre, entre rêve et déception. J'avançais, je perdais l'équilibre, puis reprenais de l'assurance. J'avais peur de chuter du haut de mes certitudes, mais je ne pouvais plus revenir en arrière. Je comprenais petit à petit que j'avais fait le premier pas sur un chemin que je ne cesserais jamais de parcourir. Je savais que ça serait long et incertain. Mais je me disais que l'effort en valait la peine. Qu'un beau jour j'atteindrais l'autre rive. Alors, je me concentrais sur ma terre promise, ignorant le précipice et tentant de m'approcher à mon rythme de l'arrivée.

Mais force est de reconnaître que je suis toujours sur le tronc d'arbre, entre deux mondes, encore loin de mon idéal, et je commence sérieusement à désespérer d'y arriver un jour.

Depuis le temps que je me suis risquée à jouer les funambules au-dessus du vide, j'aurais au moins pu apprendre à rester en équilibre, à défaut d'avancer sur le fil. J'en ai marre. Marre du fil, du vide et du développement personnel. Marre de la parentalité positive, de la communication bienveillante, des méthodes de bien-être… Je n'en peux plus ! Je me noie dans ces gentils conseils, ces démonstrations qui ne fonctionnent pas pour moi, ces propositions de changement qui mettent le doigt sur tout ce que j'ai fait mal jusqu'à ce jour, et ce que je ferai mal à partir de ce jour.

J'ai beau travailler sur moi-même, comme on dit, j'ai beau prendre du recul, prendre soin de moi, méditer, intérioriser, me recentrer, sortir de ma zone de confort, regarder l'autre avec compassion, me téléporter dans un monde de girafes, en mettant mes lunettes roses, en essayant de ne pas projeter, ni faire de suppositions, en m'interrogeant sur ce qui me gêne en moi quand quelque chose me dérange chez l'autre, en me rappelant chaque jour que je ne suis pas responsable des réactions de mon voisin, que l'homme n'est pas mauvais, que s'il est maladroit ou me blesse, c'est qu'il souffre et n'a pas appris à définir ses besoins. J'ai beau regarder mon fils comme un homard sans carapace, mon homme comme venant de Mars, ma directrice comme une handicapée des émotions, eh bien je n'y arrive pas non plus ! Moi non plus, je ne sais pas ! Je suis paumée, j'ai des sentiments qui remontent et qui explosent. Et quand mon besoin de calme, de reconnaissance ou de je ne sais quoi d'autre n'est pas respecté, je crie, je hurle, je pleure, je râle, puis je regrette, je tente de me dédouaner, de faire oublier, de renvoyer la faute ailleurs. Et je m'en veux de ne pas être celle qui sait rester zen, belle à l'intérieur, ancrée, à l'écoute, qui pardonne et avance sereinement vers un avenir inconnu, tout en restant dans le présent, un présent dont elle s'imprègne, dont elle profite. Parfaite dans l'ici et le maintenant… Moi, je ne suis pas parfaite, je ne l'ai jamais été et ne le serai jamais. Je m'énerve, j'angoisse, je stresse, j'engueule, je manipule, je me soumets, je suis maladroite, je blesse et me laisse blesser, je dramatise pour rien, dédramatise pour tout. Je suis ainsi. Je suis Tara. Je suis une femme normale. Je suis un être humain.

Finalement, n'est-ce pas ça qui compte ? J'ai un cœur qui bat, un corps qui vibre, une tête qui tourne. Et c'est ça qui importe. C'est ça qui est juste, vrai. Vivre, ne pas m'endormir. Sentir mes tripes, écouter mon cœur, observer mon mental. Et arrêter de culpabiliser et de m'en vouloir d'avoir merdé. Faire de mon mieux, ce n'est pas faire l'impossible. C'est juste m'appliquer quand je suis en forme, et me planter quand je fatigue. Faire de mon mieux, c'est m'ouvrir, apprendre, prendre des risques. La vie est un risque ! Si je ne le prends pas, je ne vis pas, et si je ne vis pas, je meurs ! Ce n'est pas plus compliqué que ça ! La vie est une suite d'expériences ! Si je n'ose pas les vivre, je les subis.

Je me lève, j'ai chaud, une chaleur douce et rassurante, un flux qui me parcourt à l'intérieur, un courant d'air pur, plein d'énergie, d'encouragement. Je me sens en confiance soudainement, pleine, complète. Comme si j'avais dénoué quelque chose en moi, un fil qui raccorde chacun de mes membres les uns aux autres, un fil qui encore emmêlé entravait le moindre de mes gestes, la moindre de mes émotions, la plus petite de mes pensées. Un fil qui me lie à la vie.

À cet instant précis, je sais, sans pouvoir mettre de mots ni émettre de raisonnement, que j'ai retrouvé le goût de vivre. La joie me fait de nouveau le cadeau de me visiter. Je sais que la vie est en moi, que j'ai réussi à rouvrir les vannes, à me nourrir de sa présence. C'est chimique. Mes cellules se réveillent. Dans mes veines coule le sang. Dans mon être coule l'amour.

Coup d'avance

Je suis en avance de dix minutes. Dix minutes à attendre sur le quai l'arrivée du train qui me ramène mon homme. Dix minutes dont l'intensité monte crescendo. Dix minutes sadiques et jouissives en même temps. Dix minutes de solitude avant d'être deux. Dix minutes… Mes fantasmes sont sur le point de se réaliser. Dix minutes. Mes rêves se changent en doute, puis en trac. Dix minutes d'électricité brute qui me brûle tout le bas du ventre, irradie ma nuque, m'enveloppe de chaud, de froid. Huit minutes. Ma vue se brouille. Vais-je pleurer ? Crier ? Courir vers lui ? Sept minutes. Va-t-il arriver dans mon dos, me cacher les yeux, m'embrasser dans le cou ? Six minutes. Et si je ne le voyais pas ? S'il ne descendait pas ? Cinq minutes. Va-t-il me trouver jolie ? J'ai passé tant de temps à me préparer. Je me trouve moche. En plus, j'ai mes règles : de vilains boutons encerclent mon visage fatigué. Pourquoi rentre-t-il le jour de mes règles ? Le sort s'acharne. Ça gâche quand même pas mal le film érotique que je m'étais fait de nos retrouvailles après trois mois de bateau. Et lui, me plaira-t-il toujours ? Aura-t-il la barbe longue ? Les cheveux plus clairs, la peau tannée par le soleil et la mer ? Quatre minutes. Je trépigne, j'ai peur. C'est ridicule. J'ai l'impression d'avoir 14 ans et d'attendre mon premier flirt. Trois minutes. Soupirs. Deux minutes. Gros soupirs. Une minute. C'est long ! Il arrive, ce foutu train ? Mon chéri est dedans ! Je ne l'ai pas vu depuis longtemps ! Je ne peux plus attendre ! Allez ! Arrive !

« Le train n° 5 012 en provenance de Marseille-Saint-Charles et à destination de Bruxelles entre en gare, voie 45. »

Le train s'immobilise dans un grincement aigu. Les portes s'ouvrent, des passagers descendent. Ils avancent vers moi, me dépassent, retrouvent leurs proches, tirent de grosses valises, marchent d'un pas décidé, attaché-case à la main, vers un rendez-vous professionnel, un rencard, que sais-je. Des vieux, des jeunes, des enfants, des hommes, des femmes… Et Jean… Jean, tout petit, à plusieurs dizaines de mètres de moi. Que c'est long un quai… Jean qui grandit à mesure qu'il s'approche. Je ne distingue pas encore son visage. Je ne vois pas encore qu'il rit, étonné de l'émotion qui l'assaille en m'apercevant. Je ne vois pas la larme qui s'échappe de l'œil de mon amour. Traîtresse de larme. Elle l'a pris au dépourvu, lui, l'homme fort, le téméraire, l'aventurier.

Il vient de discerner la silhouette de celle qu'il aime parmi les ombres anonymes de cette gare grise et froide. Et il pleure. Trois mois qu'il n'a pas respiré ses cheveux, empoigné ses petits seins, mordillé son épaule. Trois mois qu'il ne s'est pas moqué de sa petite voix de moineau, qu'il n'a pas joué avec ses longs doigts tout fins. Trois mois qu'il ne vit que pour lui. Qu'il cherche à se prouver qu'il est libre, autonome. Qu'il essaie d'enseigner cet amour du défi à ses jeunes de la cité. Qu'il se persuade qu'il aime se retrouver face aux éléments de la nature. Trois mois sans femme. Sans sa femme. Il ne pensait pas que ça lui avait autant manqué. Mais, là, tout de suite, à la vue de cette petite personne, légère, fluette, sa longue jupe blanche agitée par les courants d'air glacials de ce hall, il se demande comment il a fait pour tenir si longtemps sans elle. Il se demande ce qui le pousse à partir à chaque fois. Pourquoi il quitte ceux qu'il aime tant. Tara, ses filles…

Il essuie cette larme d'un geste rapide et se met à courir vers moi, il n'y a plus une seconde à perdre. Il sait qu'il repartira, il sait que de nouveaux défis, de nouveaux paris, de nouvelles envies l'attireront encore loin des siens. Mais pour l'instant, plus rien ne compte que l'étreinte que nous allons échanger, sur ce quai moisi.

Il court vers moi. Il court vers moi. Je ne bouge pas. Je profite de ces quelques secondes sans lui. Il est impatient. Il sourit. Il est beau. Si beau. J'esquisse un pas en avant, puis me ravise. Je prends mon temps. C'est mon moment. Je le laisse venir à moi, je profite. Il est presque là. J'écoute mon cœur battre, mes oreilles se bouchent. Tout n'est que brouhaha. Tout est trouble autour de moi, seul mon homme est focus. Son image est nette. Comme une scène de film au ralenti. *Il revient à toi. Il revient à toi. Il revient à toi !*

Nous sommes face à face. Il pose son sac sur le sol. Je reste immobile. Les yeux dans les yeux. Le décor tourne autour de nous. Nous n'osons pas nous toucher. Nous avons le temps. Chaque geste est un rituel. Nous respirons en rythme. Nos poitrines se soulèvent. Il lève doucement sa main pour me caresser la joue. J'ai oublié mon acné, ma tête de sorcière, mon ventre gonflé. Je me sens belle. Je me sens belle car il me trouve belle. Nous sommes beaux. J'embrasse sa main, son poignet, son avant-bras. Mon cœur va se décrocher. Il déborde. Il suffoque presque. Jean pose ses lèvres sur mon front, plonge ses mains dans ma chevelure, m'attire contre lui, me serre fortement. Ma joue contre son torse… C'est mieux que dans mon souvenir. Ce torse est mon île, mon refuge, mon domaine. Ce torse est mon énergie, ma protection. Ma joue contre son torse… Enfin ! De ses grandes mains abîmées par la voile, les cordages, le vent et l'humidité, il relève mon visage vers le sien. J'inspire. Il m'embrasse doucement, lentement, puis dans un second élan, notre baiser se fait intense, fougueux, urgent, vital.

On en voit tant, des baisers d'amoureux sur les quais de gare. On passe à côté d'eux, on sourit, on est gêné, envieux, mais quoi qu'on pense, quoi qu'on fasse, eux, ils s'en fichent royalement. Car qu'on soit dix ou mille autour d'eux, ils sont seuls et heureux. Et ce soir, rien ni personne, ni le béton déprimant de Lille-Europe, ni les moqueries des ados, ni les remarques des gens pressés, ni les annonces métalliques des contrôleurs, ni la pluie trop fraîche de ce soir de juin ne nous empêcheront de vivre nos retrouvailles comme le plus beau moment de notre vie.

Coup de chance

Finalement, c'est une chance que j'aie mes règles aujourd'hui, me dis-je en observant ma famille enfin rassemblée. L'envie de mon corps ne passe ainsi pas avant les attentes de mes filles. Elles aussi étaient impatientes de retrouver Jean, de le câliner, de lui raconter les mille et une anecdotes de ce qu'elles ont vécu en son absence. Elles aussi étaient en manque, blessées de ne pas recevoir ce dernier baiser du soir, de ne pas l'apercevoir à la sortie de l'école, de ne pas jouer au basket avec lui dans le jardin, de ne pas le défier à la course à vélo, de ne pas pouvoir se moquer de lui quand il échoue dans ses tentatives de salto en trottinette au skatepark. Elles aussi ont besoin de le toucher, de lui parler, de l'écouter. Elles ont besoin d'un père. Elles ont été si patientes, si raisonnables, plus que moi peut-être. Petits êtres d'amour pur, profitez de votre père. C'est votre soirée, notre soirée. Celle de notre famille. Famille. Une bouffée de chaleur m'envahit à l'évocation de ce mot. Famille. Nous sommes en famille. Ce que je désire depuis plusieurs mois, ce qui me faisait défaut, ce que je reprochais silencieusement à Jean de ne pas prioriser, je peux enfin en profiter. Je suis en famille. Je suis à peine en train de le réaliser, vraiment, dans le fond de mes tripes, pas uniquement intellectuellement. Ça ne se passe plus uniquement dans ma tête. Je n'ai plus à faire l'effort de prendre du recul pour apprécier la situation. Je ne dois pas me répéter, comme pour me réveiller d'un rêve, que j'ai mon homme et mes filles auprès de moi. Je le vis, avec une vraie joie, pas un plaisir raisonné, pas une satisfaction ordonnée par mon cerveau. Non, une joie plus forte et plus simple à la fois. Une joie viscérale et virale. Une joie qui prend naissance quelque part entre mon nombril et ma poitrine. Une joie qui rayonne dans tout mon être et qui me fait sourire, sans que j'aie besoin de commander mes lèvres. Avant, je me disais « souris, tu es en train de vivre un beau moment ». Ce soir, je ne me dis rien. Je souris et c'est tout. Je souris d'un vrai sourire sincère et non programmé. Sans me forcer. Ce soir, je viens de retrouver quelque chose que j'avais perdu et que je cherchais depuis longtemps : la joie pure et profonde. Je souris. Je ne pense pas. Je ne réfléchis pas. Je souris. Je ris et je me sens reconnaissante. Je souris car j'ai de la chance. Je suis ce que je veux être. Une femme qui aime et qui est aimée. Que désirer de plus ?

La soirée fut gaie et animée. Les filles ont ri à gorge déployée, tremblé d'effroi, crié d'étonnement et d'admiration en écoutant les aventures que leur racontait Jean sur son odyssée. Je suis restée en retrait, sereine, complète, apaisée. Il y a eu des câlins, des chahuts sur le canapé. Jean s'est régalé d'un steak-frites-salade dont il rêvait depuis des semaines, j'ai servi sous les hourras mon tiramisu, élu meilleur dessert de tous les temps par toute la famille. Oscar est même passé boire un verre avant de retourner chez son père. Son père… Je l'ai à peine croisé depuis ce baiser malencontreusement tenté et vite avorté le lendemain de mon accident. Toujours entre deux portes, alors que j'allais chercher Oscar, ou qu'il me le déposait. Même si on se dit adultes, et que nous avons décidé de mettre ce petit incident sur le compte d'un trouble émotionnel post-traumatique, il s'est installé une gêne qui nous rend plus distants qu'avant. Oui, je suis moins à l'aise, déçue de moi. J'ai fissuré le socle sincère de notre relation. Le couple parental, amical et soudé qu'on voulait former s'est pris un petit coup dans l'aile, insignifiant en apparence, juste une petite brèche. Mais force est de reconnaître que quelque chose a changé entre nous.

Coup de sang

– C'est un supplice de ne pas pouvoir te faire l'amour, souffle Jean à mon oreille alors que je viens de le rejoindre dans notre grand lit enfin réchauffé par la présence de mon homme.

– Je sais, mon cœur, mais je ne choisis pas. La nature l'a décidé ainsi.

– Saleté de nature, elle n'a pas pensé que j'aurais trop besoin de te serrer contre moi, susurre Jean en m'attirant contre lui. De retrouver le grain de ta peau.

Ses mains affamées parcourent mon corps avec empressement.

– De sentir tes lèvres contre les miennes.

Il m'embrasse avidement.

– Tes seins…

– Aïe ! Attention, mon amour. J'ai les seins douloureux, tu sais…

– Oui… pardon… Je me comporte en vieux loup de mer qui n'a pas vu de femme depuis des mois… Mais j'ai tellement envie de toi ! J'en peux plus… Regarde, touche, donne ta main, sens comme tu me fais de l'effet…

– Jean…

– Huuummmm, comme t'es belle, tu sens bon… On n'a qu'à faire juste… quelques caresses…

– Jean… Non, non !

Je me dégage brutalement des bras de mon mari.

– …

– Non, Jean, t'as pas compris. Je n'ai pas envie. Je suis réglée, et quand je suis réglée, j'ai le ventre gonflé, je me sens moche et lourde, j'ai super mal, je suis exténuée et j'ai envie de pleurer…

– J'ai été maladroit, mon amour. Excuse-moi. Je suis un pauvre mâle en rut qui ne sait pas se retenir… Ça tombe mal quand même… J'imaginais nos retrouvailles autrement… ajoute-t-il en tentant de m'embrasser dans le cou.

– Moi aussi, Jean, j'imaginais ça autrement ! m'exclamé-je dans une soudaine colère. Des mois que j'attends que tu rentres, que tu me câlines, que tu m'embrasses, me fasses jouir, rire, danser, que tu sois présent tout simplement. Des mois que je fantasme sur notre première nuit. Mais je ne choisis pas ! Je ne choisis pas la date de mes règles, ni celle de ton retour. Je ne choisis pas d'avoir mal et de me sentir aussi sexy que Balasko en majorette dans *Nuit d'ivresse* ! Je fais avec ! C'est tout ! Alors, ton envie à toi, ton désir à toi, ils peuvent attendre un peu aussi, non ? Trop frustrant peut-être ? Et ben désolée, car là tout de suite, c'est pas un sexe en érection qui remplit ma culotte, c'est une grosse couche pleine de sang ! J'ai les seins qui ne supportent même pas un soutien-gorge, des boutons plein le visage, les cheveux ternes et je n'ai absolument pas envie de te faire de gâterie pour apaiser ton excitation !

Jean est médusé, immobile sur le lit, il n'ose pas faire un geste. Il ne se souvient pas avoir déjà vu sa petite femme aussi furibonde. C'est vrai que, quand elle a ses règles, elle ne semble pas bien, elle a les traits tirés, elle ronchonne, se couche tôt et passe un maximum de temps enroulée dans une couverture. Mais elle reste discrète là-dessus. Elle n'a jamais décrit aussi crûment ce qu'elle vivait. Il doit reconnaître qu'il ne l'y a jamais encouragée. C'est un truc de femmes, ça. Ça le met mal à l'aise, toutes ces histoires de cycle, de menstruations, d'ovulation… Il n'a eu que des frères, et ni sa mère, ni ses ex, ni Tara ne se sont jamais étalées sur le sujet.

– D'habitude, tu me fous la paix, je renchéris à peine mon souffle repris, tu me fuis pendant cette période, n'est-ce pas ? Ça t'a toujours gêné de me savoir réglée. Rien que le mot, je le vois bien, ça te dérange. Je ne t'ai jamais embêté avec ça, je cache les tampons, les serviettes, les taches de sang sur les draps. Quand Ève a été réglée à son tour, je ne t'en ai même pas parlé. « Un truc de filles », tu m'aurais répondu… Un truc de filles, peut-être, mais qui est au centre de la vie de TA fille et de TA femme. Nous sommes réglées six jours par mois, Jean. Ça chamboule tout dans notre corps à chaque fois. On vit plein de choses différentes pendant un cycle. Y a pas un jour pareil… Et faudrait pas vous emmerder avec ça, vous les hommes ? Vous mériteriez même une petite branlette quand on peut pas coucher !

– Arrête, Tara… Arrête, je t'en prie… Ne mélange pas tout. Tu me parles des règles d'Ève et de branlette en même temps. Ça me dégoûte, arrête !

– Ah, oui, ça te dégoûte ! Tu veux même pas voir qu'Ève elle grandit, qu'elle commence à vivre les mêmes choses que moi. Elle devient une femme et elle va être confrontée elle aussi à tout ça. Les douleurs, la contraception, les visites chez le gynéco, les protections périodiques, les angoisses quand on a du retard, la déception de ne pas pouvoir faire l'amour avec celui qu'on aime parce qu'on est réglée, parce que c'est ce qu'on nous a appris, et le doute s'il nous demande d'assouvir quand même son grand besoin de baise ! Accepter, se soumettre, refuser… J'espère, moi, que mes filles n'auront pas à s'expliquer quand elles n'auront pas envie de satisfaire un homme ! J'espère, moi, qu'elles pourront vivre leur féminité, leurs cycles, en toute transparence, sans se cacher, ni se sentir coupables ! Et j'espère que mon fils ne demandera pas à sa chérie ce genre de choses. J'espère qu'il ne sera pas mal à l'aise dès qu'elle évoquera le sujet et qu'il saura partager ça avec elle, car, que vous le vouliez ou non, vous aussi, les mecs, vous êtes concernés par nos règles !

Je me tais, hors d'haleine et un peu déboussolée. Qu'est-ce qui me prend ? Pourquoi toute cette hargne ? Pourquoi je ressens de l'injustice ? Pourquoi je viens de faire exploser en éclats notre première nuit ? Je ne me reconnais pas. Je n'étais pas comme ça, avant. Avant, j'aurais râlé un peu, soufflé un peu, mais je me serais tue, peut-être même me serais-je exécutée. Pour mon homme, parce que, malgré ma fatigue, j'aurais eu envie de lui faire plaisir… Avant, oui, mais pas ce soir. Ce soir, que Jean soit rentré ou pas, je ne peux pas faire semblant. Ce soir, comme tous les soirs depuis le 7 mai, je suis entière, vraie, sans filtre. Pourtant, la peur commence à m'envahir. Ai-je été trop loin ? Comment va réagir Jean ? Il reste prostré, assis sur la couette, silencieux… Vexé ? Blessé ?

– Jean… tu ne dis rien…

– J'suis vraiment qu'un con ! J'te mérite pas… répond-il, les yeux brillants de larmes.

Alors je l'attire à moi, posant son visage contre ma poitrine, embrassant ses cheveux, caressant sa nuque, ses épaules, en silence, tendrement. Nous restons ainsi de longues minutes. Je suis épuisée, mais fière d'avoir osé parler, un peu trop brutalement, j'en conviens, reconnaissante à mon amoureux d'avoir su accueillir mes mots, aussi durs fussent-ils.

À cet instant, c'est la chaleur de la joue de Jean sur ma peau qui me touche, c'est le contact de mes doigts dans ses cheveux épais et soyeux qui me transporte, c'est la pression de ses bras qui m'entourent et presque m'étouffent qui me fait vaciller. Et je remercie le destin de me faire encore une fois ce cadeau : vivre cette étreinte, comme si c'était la première. Car enfin, je retrouve Jean, le Jean de nos débuts, celui pour qui j'ai tout quitté. Il a suffi d'une étreinte, treize ans plus tôt, pour que je sache ce que je voulais : le suivre. Le suivre et l'aimer envers et contre tout. Et d'une étreinte, en ce moment même, pour que je sache ce que je veux : que lui me suive. Qu'il me suive et m'aime, envers et contre tout.

Jean pleure discrètement, l'oreille collée contre le cœur de celle qu'il aime encore plus qu'avant, écoutant ses battements, se disant que c'est ça, le plus beau à vivre, que ses pulsions attendront, que Tara a besoin de lui, pas de son sexe, qu'il va être là, qu'il va essayer en tout cas, et qu'il a encore beaucoup à apprendre.

Coup de pot

J'ouvre les yeux : un filet de lumière prometteur s'infiltre à travers les persiennes. La nuit fut belle, malgré le peu d'heures de sommeil, malgré mes règles et malgré ma violente riposte aux tentatives intéressées de Jean. La nuit fut belle, magique. Jean s'est endormi dans mes bras. Jean m'a tenue contre lui pendant des heures. J'ai eu trop chaud, je n'ai pas pu m'étaler à travers tout le lit, ma nuque posée au creux de son aisselle m'était douloureuse à force d'être tordue, les jambes poilues de Jean me grattaient, mais c'était bon… Le plaisir d'un grand lit vide et frais n'est pas pour moi. Ce que j'aime, moi, c'est me battre la nuit pour récupérer un bout de couverture, siffloter pour faire taire des ronflements ponctuels, être réveillée par mon voisin qui bouge trop, c'est sentir la vie auprès de moi dans mon lit. Et tant pis si c'est moins confortable.

Jean dort à poings fermés. Je l'observe quelques secondes, ses longs cils ornant ses paupières roses. On dirait un enfant, un ange, même si une barbe naissante assombrit son visage. Il est beau. Il est beau. Il est là. Pour combien de temps cette fois ? Qu'importe. Il est là, aujourd'hui, dimanche 21 mai. « Et cette journée s'annonce magnifique », me dis-je en m'éloignant sur la pointe des pieds.

– Salut M'man.

– Bonjour ma puce, mais tu es déjà levée ? Et c'est toi qui as fait tout ça ? m'étonné-je en découvrant ma fille assise derrière la table de jardin superbement dressée et décorée pour un brunch de rois.

– Petits pains, jus de fruits frais, baguette croustillante, thé, café, plateau de charcuterie et fromage et œufs brouillés, annonce fièrement Ève. T'as vu le temps qu'il fait ! Ça vaut le coup de se lever ! J'avoue, si Ambre n'était pas venue me secouer parce qu'elle était trop énervée pour attendre toute seule que vous descendiez, je serais encore en train de roupiller, mais bon, si je l'avais laissée faire, ce seraient des BN périmés trempés dans du lait de chèvre que vous auriez eu pour votre p'tit dej' !

– Waouh… Je suis bluffée ! Merci ma chérie, m'enthousiasmé-je en embrassant ma fille. Mais où est ta sœur, que je la félicite aussi ?

– Dans mes bras, annonce Jean, un énorme sourire affiché sur son visage enfariné.

– Ambre, tu ne pouvais pas laisser dormir un peu Papa ?

– Elle tourne en rond devant votre porte depuis 7 h du matin, alors, dès qu'elle t'a vue te glisser hors de la chambre pour te rendre à la salle de bains, elle a profité de l'aubaine, tu penses !

– Je voulais trop un câlin de Papa ! se justifie Ambre en claquant un énorme bisou sur la joue mal rasée de son père.

– Mais ! Qu'est-ce que c'est que cette table de malade ? s'exclame Jean.

– Brunch surprise ! répondent en chœur et non sans fierté les filles.

– C'est adorable, les filles ! Vous êtes géniales ! Mais comment j'ai fait pour vivre sans vous pendant trois mois ?

– On se l'demande, c'était trop long sans toi, Papa ! répond Ambre en étouffant son père de baisers.

– Tu l'as fait en tout cas, ajoute plus froidement Ève, en plongeant son nez dans son thé au lait.

Il fait chaud.

J'aime les dimanches de printemps. J'aime le printemps. Chaque année, je me rends à la jardinerie pour m'offrir les fleurs les plus colorées que je puisse trouver. J'aime les mélanges, les jardinières bariolées. Peu importe le nom des plantes, pourvu qu'elles inondent ma terrasse de tons voyants et gais. Fuchsia, jaune canari, orange vif, violet, blanc… Je m'en donne à cœur joie. Vive les couleurs, vive la lumière ! Le ciel est trop souvent bas et gris dans cette région. À l'aube de l'été, j'ai envie de rattraper le temps perdu et de noyer mon regard dans un arc-en-ciel de teintes plus chatoyantes les unes que les autres.

Depuis mars, je plante, reboute, nettoie, nourris mes petits plants, les soigne, leur parle. Les jonquilles et les primevères, les anthémis ensuite, les tulipes, les iris, les violettes. Aujourd'hui, j'ai décidé de replanter des renoncules que Jean m'a rapportées du marché, parce qu'il sait que ce sont mes préférées.

– Pour ma fleur à moi, a-t-il ajouté, m'attrapant par la taille et me faisant virevolter dans le salon devant l'air blasé d'Ève, dont la bonne humeur matinale a fini par s'envoler.

– Oh… Doucement, vous me filez le tournis, ronchonne-t-elle.

– Pardon, princesse, de t'avoir perturbée, la taquine Jean en retour, mais dis donc, on dirait bien que l'adolescence est en plein boum chez notre grande fille, Tara.

– C'est bien de t'en rendre compte, Papa, car avec tes absences, on sait jamais ce que tu peux rater dans notre vie.

Aïe, elle fait mal, celle-là.

Jean me jette un œil interrogateur. Doit-il répondre, laisser passer ? Je botte en touche, attrape le pot de fleurs et me sauve dans le jardin, laissant père et fille résoudre leur petit différend.

Une fois seule, je dépose quelques cailloux dans le fond de la jardinière, m'empare du sac de terreau, en verse un fond, puis, attirée comme un aimant par la fraîcheur tourbée de la terre, j'enfouis mes mains dedans.

Quel plaisir, quelle sensation ! Au contact de cette matière meuble, humide, sombre, mon corps se délasse, se dénoue. Entre mes doigts, je pétris l'argile, l'effrite, la palpe. Je ressens à présent un besoin incontrôlable de la renifler, de redécouvrir son odeur, comme si je sortais d'une longue période de carence olfactive. C'est bon, ça sent bon. J'aurais presque envie de la manger, de m'y rouler tout entière. J'avais oublié ça aussi, je suis incapable de me rappeler la dernière fois que j'ai respiré et même goûté de la terre, piétiné la boue à pieds nus, creusé le plus profondément possible. C'est magique, envoûtant, tellement sensuel. C'est vivant, profond et si simple à la fois.

Petite, je jouais beaucoup avec la terre. La mélangeant avec de l'eau de pluie pour en faire du café, la faisant sécher au soleil pour la cuisiner en galette, la malaxant pour lui donner l'aspect d'un steak haché, de saucisses, d'un gâteau d'anniversaire ou de carrés de chocolat… J'adorais manipuler la terre. J'y prenais tellement de plaisir ! Même si je savais que ma mère me réprimanderait à cause de mes ongles crasseux et de mes vêtements souillés, je m'en fichais. Mon rapport à la terre m'importait plus. Avec elle, j'entretenais une relation privilégiée, je me disais que, moi aussi, j'étais peut-être fabriquée en terre.

Comment avais-je pu oublier cela ? Amnésique sensorielle que j'étais devenue. Quand ai-je perdu cette faculté à sentir, à ressentir, à vivre en communion avec les éléments naturels, comme la terre, l'eau, le vent ? Quel gâchis. Tant d'années sans y prêter attention. Et pourquoi, à présent, ces sensations me reviennent-elles brutalement ? Depuis que ma nuque a heurté ce mur, tout a changé en moi.

Coup-rtisane

À dire vrai, j'appréhende un peu de me retrouver seule avec Jean maintenant que mes règles sont passées. Non pas que je n'aie pas envie de lui. Au contraire, je me sens bouillonner de désir. Mon corps s'est dégonflé, mes seins sont légers, ma peau douce. Quand je regarde Jean, je me sens midinette, mon corps vibre de partout, mon ventre devient chaud, mes mamelons durcissent. C'est électrique, orageux. Je le veux, je le veux entre mes cuisses. Je me sens sauvage et vierge à la fois.

Mais je dois avouer que cette fois, j'ai peur. Je doute. J'ai bien compris que j'ai changé, que mon corps réagit différemment à chaque expérience. Que mes émotions sont plus fortes, sans filtre. Que mes sensations sont multipliées par dix, cent, mille. Aussi, je crains cette prochaine fois. Après trois mois d'abstinence, après cette nuit où j'ai recontacté mon désir pour mon ex, après ce soir de retrouvailles où j'ai repoussé Jean, comment va réagir mon corps ? Vais-je revivre la folie qui m'avait emportée lors de notre première fois ? Retrouverai-je mon désir intact, mes sensations plus fortes ? Ou serai-je déçue ? S'il se passait le contraire, si les caresses de Jean ne me faisaient pas chavirer, si ses mains, sa langue ne me faisaient plus décoller ? Si c'était plat ou moins bien ? Pourtant, je ne peux pas l'éviter. Je ne *veux pas* l'éviter. Je suis curieuse et effrayée à la fois, telle une courtisane encore pucelle dont ce sera bientôt la première fois…

J'entre dans le salon. Jean m'attend, allongé sur le canapé, jean délavé et T-shirt blanc, pieds nus. Je porte une robe portefeuille noire, il suffit de délacer la ceinture nouée dans le dos pour qu'elle s'ouvre entièrement. C'est pour cela que je l'ai choisie ce soir. Je m'approche langoureusement. Il observe ma démarche, chaloupée, un peu maladroite. Il sait que j'en ai envie. Mes joues sont rosées, ma poitrine se soulève un peu plus à chaque respiration. Il se relève, s'assied dans le fond du sofa. J'avance vers lui. Je peine à le regarder dans les yeux. Je suis intimidée. Excitée, mais intimidée. Je suis devant lui, debout, il prend ma main et l'embrasse.

– Je te sers un verre ?

– Une bière…

– Non, champagne, imposé-je en me tournant vers le frigo.

– Vos désirs sont des ordres, répond Jean, amusé. Qu'est-ce qu'on fête ?

– Nos retrouvailles… les vraies… j'ajoute en me retournant pour fixer mon homme dans les yeux.

– Alors, à nos vraies retrouvailles, dit Jean en déposant deux coupes sur la table du salon.

– Trinquons.

Alors que je porte la flûte à mes lèvres, je sens le lien de ma robe se défaire, découvrant ma poitrine, mon ventre, mes hanches, mes cuisses, puis les doigts de Jean qui s'emparent du tissu noir sur chaque épaule et font glisser le vêtement à mes pieds. Je suis presque nue. Juste vêtue d'un ensemble en dentelle. Je sens le souffle de Jean dans mon cou. Un frisson sans précédent m'envahit, me fait quitter le sol. Je vole. Je m'enflamme. Je suis sauvage. Animale. Je me consume à chaque respiration. Il me sent chavirer, ça le rend fou. Il me dévore de baisers, je me retourne, le pousse dans le canapé, enlève ma culotte et l'enjambe. À genoux au-dessus de lui, je dégrafe son pantalon à la hâte, libère l'objet de tous mes fantasmes et l'enfouis en moi dans un soupir de plaisir.

Chaque mouvement de bassin m'envoie au paradis. Un paradis terrestre, bestial, un paradis de chair, de salive, de sueur. Un paradis chaud et humide, puissant et doux à la fois.

Jean respire de plus en plus intensément, ses lèvres entièrement dévouées à mes seins. S'abreuvant de leur moelleux, s'amusant à faire durcir mes mamelons, aspirant leurs reliefs. Ses mains effleurent mon dos, s'accrochent à mes fesses, accompagnent le va-et-vient de mon bas-ventre. Elles sont chaudes, brûlantes, directives, pressantes, impatientes.

J'ai retrouvé mon amant, la peau de mon amant que je mordille, que je palpe, affamée, insatiable, vorace. L'odeur de mon amant que je renifle, droguée, saoulée, au bord de l'overdose. Je m'agrippe à lui. Je voudrais me fondre en lui, je voudrais que nos corps s'emmêlent, fusionnent, pour ne faire qu'un. Une seule énergie, sensuelle, sexuelle, orgasmique. Nous sommes plus que nos corps. Nous sommes l'amour, le plaisir au-delà de la chair, l'incarnation de la vie, le premier et le dernier souffle. À cet instant précis, je n'ai plus peur de rien, je suis tellement vivante que je touche la mort, je suis matière et spiritualité, je suis moi et Jean, je suis la force et la vulnérabilité, je suis rires et pleurs, bonheur et douleur ! Je suis essence et jouissance !

– On n'avait pas fait l'amour si fort depuis… articule Jean dans un murmure mi-ébloui, mi-gêné, alors qu'il gît épuisé et nu sur le sol du salon.

– Depuis notre première fois. Je sais. C'était comme une première fois, ça aussi… je réponds, songeuse, lovée au creux de son bras.

– Que veux-tu dire par « ça aussi » ? m'interroge-t-il, surpris de ma remarque.

– Il faut que je t'avoue un truc de dingue, Jean, soupiré-je.

– Je t'écoute, mon amour…

– Ce n'est pas simple à expliquer…

– Tu m'as trompé ?

– Mais non… Jean, sois sérieux. C'est important et c'est vraiment bizarre ce qui m'arrive.

– Pardon. Je me concentre.

– Bon, voilà… En fait, depuis que je me suis évanouie le jour des résultats des élections… Tu sais, le coup que j'ai pris…

– Oui… Eh bien ? C'est plus grave que tu ne l'as dit ?

– Non… Enfin, je crois pas… Je sais pas…

– Tara ! Accouche ! Tu commences à me faire flipper !

– Ben, depuis ce coup, je suis différente. Ça se passe en moi. À l'intérieur. Je veux dire… Tout ce que je vis me fait un effet fou. Comme si je le vivais pour la première fois. Un baiser, toucher de la terre, boire, manger, faire l'amour… C'est nouveau à chaque fois… Enfin, nouveau émotionnellement. Je ressens tout comme si je le découvrais. Et dans mon corps, ça fait plein de choses très fortes, profondes, très belles, ou complètement déstabilisantes. Je vis tout plus intensément. Je n'ai plus de filtre. Mes sensations sont pures, comme celles d'un enfant qui vit une nouvelle aventure !

– J'ai du mal à comprendre…

– Je sais… Moi aussi, mais t'as bien dû remarquer que j'étais étrange.

– Et là, quand on a fait l'amour ?

– Idem… J'avais très peur, je ne savais pas comment j'allais réagir ! Mais c'était renversant, explosif. Comme si tu ne m'avais jamais touchée avant ça !

– Waouh ! Ça fiche le tournis ! Je vais avoir le trac à chaque fois qu'on le fera… Sérieusement… T'en as parlé à quelqu'un ? T'as vu un médecin ?

– Non… On me prendrait pour une dingue…

Coup du ciel

– Dingue, sûrement pas. Décalée, peut-être, illuminée, certainement, mais dingue, non. Tu m'as l'air d'être des plus lucides au contraire. Ce coup semble plutôt t'avoir remis la tête sur les épaules.

Vanessa, magnétiseuse de son état, se place face à moi et regarde ce qu'elle appelle l'aura qui entoure ma petite personne avec beaucoup de malice.

– Mais pourquoi je me sens différente ? J'ai l'impression de ne plus rien gérer.

– Moi, je ne ressens que du positif. Ça bouge, ça chavire, ça travaille, c'est vrai. Mais c'est comme si tout se remettait à la bonne place. Et ce, malgré toi. C'est magnifique !

– Tu m'as perdue, là.

– Bon, je vais essayer de t'expliquer tout ça de façon cartésienne, puisque c'est le seul langage que tu saches parler… en tout cas, pour le moment, ajoute-t-elle d'un air espiègle. En te heurtant à ce mur providentiel, tu as bousculé une partie de ton cerveau, celle qu'on appelle « reptilienne ». Ainsi, tu as libéré ce que ton ego tentait depuis ton enfance de garder sous contrôle, de peur d'être submergé : tes émotions, ton intuition, tes ressentis. Grâce à ce coup, coup du ciel, ai-je envie d'ajouter – elle rit de son jeu de mots –, chaque chose vécue s'inscrit plus intensément dans ton corps et ton cœur qu'avant. Ton cortex, la partie qui abrite le mental, n'a plus le temps d'intervenir pour filtrer les réactions physiques et leurs expressions émotives. Voilà pourquoi tu ressens chaque expérience, chaque action, même si tu l'as déjà vécue mille fois, comme si c'était nouveau…

Soudain, elle pose les mains sur mon crâne :

– Houuu, merde ! s'exclame-t-elle.

– Quoi ?! Qu'est-ce qu'il y a ? Tu me fais peur !

– C'est un tel chantier dedans ! Tu dois être usée.

– Un chantier ? Mais ça veut dire quoi ? Ça ne se remettra pas comme avant ?

– J'espère que non, ma belle ! C'est descendu ! Enfin ! Merci le mur ! Et merci Macron.

– Tu me fais flipper, on dirait que je suis en train de devenir folle…

– Non, c'est juste ton mental qui a perdu le *lead*. Et il va devoir s'adapter. En attendant, il va embarquer sur de sacrées montagnes russes avant d'accepter qu'il ne soit plus aux manettes !

– Merci… J'espérais que tu m'aiderais, au lieu de ça, je repars encore plus affolée.

– Eh bien affole-toi ! Vis la peur jusqu'au bout, écoute-la, fais-lui ton plus beau sourire, expérimente-la, et peut-être te dira-t-elle pourquoi elle est là…

– Arrête de déconner, je te jure que je suis inquiète.

Vanessa retire ses mains de ma tête. Elle vient s'asseoir face à moi, me prend la main et m'observe sérieusement.

– Écoute. Tu es en train de vivre une transformation. Souviens-toi de la première fois que tu es venue en consultation. Tu étais envahie par une énorme tristesse cérébrale. Tu avais coupé le fluide entre ton mental et ton corps. Tout est en train de se reconnecter. Ne me demande pas comment, ni pourquoi. Est-ce ce choc ? Est-ce l'âge ? Autre chose ? Je n'en sais rien. Mais il se passe des bouleversements en toi et je crois que c'est une bonne nouvelle. Je ne dis pas que ce ne sera pas déstabilisant, mais si tu laisses faire, si tu as confiance, ça te libérera. Je suis heureuse pour toi, Tara.

Vanessa m'enlace tendrement et me reconduit à la porte de son douillet cabinet. Une fois seule dans la rue, je me sens à la fois lasse et légère. Une sensation inconnue m'envahit. Je marche sans arriver à penser. Je porte mon attention sur chaque partie de mon corps. Une chaleur douce circule en moi, j'ai l'impression d'être un peu en apesanteur et pourtant, je n'ai jamais été aussi consciente du contact de mes pieds avec le sol. Une énergie nouvelle se diffuse dans chacun de mes membres. Je suis un peu ailleurs et en même temps très présente.

Soudain, des tremblements apparaissent entre mes cuisses, comme des ondes, je crois que ça va monter, je crois que c'est un début de transe. Là, sur le trottoir de ce petit village du Nord, mon corps part en transe, c'est insensé ! Je reste quelques secondes dans cet état, comme parcourue d'une électricité agréable. Puis, ça s'arrête et je reprends mes esprits. J'ai soif. Je suis vivante. J'ai envie de pleurer. Je ris. Je suis troublée. Je suis bien.

Coup de soleil

– Fais un vœu !

Ils sont tous là. Mes amis fidèles, ma bande de bons potes, mon homme, mes enfants, leurs copains, et mon ex.

Comme chaque année, le premier week-end de juillet, pour mon anniversaire, nous investissons la maison de vacances de la mère de Guillaume. Au programme : barbecue, pétanque, farniente, danse, rires et alcool. Cette fois encore, les gens que j'aime m'entourent de leur bonne humeur, leur folie, leurs blagues débiles, leurs pas de danse démodés, leurs cris de joie et leurs chansons ringardes beuglées à tue-tête.

J'adore ce moment, j'adore cette maison. Je m'y sens chez moi, même si ça ne l'est plus. Après quelques années sans y revenir, Guillaume m'a un jour lancé l'idée d'y célébrer de nouveau mes anniversaires. Il se disait désireux de retrouver l'ambiance bohème et festive qui y régnait ces week-ends-là. Il pensait que ce serait chouette pour Oscar d'y passer du temps avec ses sœurs. Il avait besoin de redonner un esprit de famille et d'amitié à cette grande bicoque planquée au milieu de la pinède sur la Côte d'Opale.

J'ai accepté, à condition qu'il participe à la fête. Aussi, chaque premier week-end de juillet depuis huit ans, la villa de Stella-Plage est remplie d'un tas d'énergumènes prêts à tout pour que chacun de mes anniversaires soit inoubliable. Et cette année, mon instinct me dit qu'il sera bien plus que cela…

Le mois de juin fut un feu d'artifice, un coup de soleil dans ma vie. Depuis ma séance avec Vanessa, je suis plus confiante, je ne sais pas où je vais, mais mon corps, lui, le sait. J'ai décidé de suivre les conseils de ma chamane préférée : lâcher prise, laisser courir, ne plus bloquer le fluide, ne plus me poser de questions, vivre ce qui m'arrive. Que ça soit drôle, triste, injuste, inconfortable, simple, pur, agréable, joyeux, difficile. Que ça me semble sans but, sans sens, sans raison… Peu importe, pourvu que je le vive. C'est un tourbillon permanent, un super-huit émotionnel, mais ça se passe, et je suis présente à ce qui se passe.

Bon, j'avoue que mon entourage est un peu déstabilisé par mes crises de larmes, de rire et de colère. Mes élèves se demandent pourquoi je pleure d'émotion lorsqu'une de leurs camarades récite de sa douce voix un poème de Prévert, ils ne comprennent pas pourquoi on s'arrête en plein cours de sport pour observer des fourmis. Mes collègues s'étonnent de mes fous rires répétés, surtout quand un élève imite notre directrice à son insu, et de mon extase soudaine pour l'odeur des lasagnes de la cantine. Mes amis me croient bipolaire. Hier soir encore, Thierry m'a discrètement parlé d'un psy très compétent en matière de dépression.

– Mais mon coco, ai-je répondu telle une diva, tu te trompes complètement, je ne suis pas en dépression, mais plutôt en « RE-pression » !

– En re-quoi ?

– En re-pression. Je revis, si tu préfères. Je me libère. Je profite. Je laisse tout se passer en moi, sans essayer de retenir, de cacher. J'imagine que ça t'inquiète. Moi aussi, au début, j'ai cru que je devenais folle. Mais c'est plutôt le contraire. Je crois que je guéris de ce mal latent qui m'enfermait jusqu'à maintenant. Je suis vivante, Thierry ! Et je comprends seulement aujourd'hui ce que ça veut dire.

– Alors, je te fous la paix avec mon psy, mais je te garde à l'œil, parce que même si t'es pas dépressive, t'es sacrément chtarbée !

– C'est pour ça aussi que tu m'aimes, non ?

– Mouais... Mais déconne pas, hein, Tara. S'il y a un truc qui va pas, tu m'en parles. Je serai toujours là pour toi, tu sais ça.

– Je sais, mon grand, t'es le meilleur ami dont j'aurais pu rêver !

Mon ami s'inquiète pour moi ! Comme c'est mignon. Je vois bien qu'il m'observe depuis qu'il est arrivé à Stella avec Karine et les enfants. Ça m'amuse et m'attendrit à la fois. Quelle joie d'avoir un ami si proche ! Pourtant, j'aimerais le rassurer, lui prouver qu'il n'a rien à craindre pour moi, que je suis réellement en changement, mais un changement qui me construit sans me nuire, quelque chose d'insaisissable que j'apprends à accueillir, même si je continue à ne rien comprendre à ce qui m'arrive.

Ainsi, ces deux jours d'anniversaire sont à eux seuls un terrain d'expériences sensorielles auxquelles je n'hésite plus à me livrer, ouverte à chaque sensation, comme une première fois, alors que je les ai déjà vécues mille fois. La virée sur la plage en fin d'après-midi ne fait pas exception. À peine garés, on enlève nos chaussures qu'on laisse dans la voiture. Je ressens aussitôt le contact brûlant et granuleux du goudron qui abîme la chair encore tendre de mes petits petons. Ensuite vient le sable fin, un vrai régal après la traversée du parking : doux, tiède, j'y engouffre tout le pied, comme dans un lit avec une bonne couette. Une sensation de tendresse remonte dans tout mon corps. Je joue avec cette farine blonde, je me frotte un pied contre l'autre, je savoure. Puis, on décide d'avancer, d'aller plus loin, vers la mer verte qu'on dit d'Opale. Je dois admettre que je la vois plutôt couleur d'huître, un jus kaki qui vient se jeter sur la côte pour se transformer en une mousse jaunâtre. N'en déplaise à ses amoureux, ce n'est pas la plus belle eau que je connaisse, mais elle a le mérite d'être là, rythmée par les marées, à perte de vue, bordant ces plages immenses de sable fin que je trouve particulièrement magiques. J'aime ce bruit, ce grondement incessant, si proche et si lointain à la fois, ce vrombissement qui nous rappelle sa présence, sa puissance, sa patience. Pour l'atteindre, ce soir, il nous faut marcher longtemps. D'interminables minutes. Nous traversons des bâches d'eau tiédasse et opaque, nous nous enfonçons dans une vase grasse et collante, un peu affolés d'imaginer ce que notre pied aveugle pourrait y rencontrer… Le sable mouillé nous permet un pas plus leste, plus stable, sportif. On s'amuse des traces de nos pas qui s'impriment sur la surface humide, plus ou moins enfoncées en fonction de notre poids. Le sol se fait de plus en plus dur, il est façonné de vaguelettes qui massent douloureusement nos plantes de pieds.

Enfin arrive l'eau, par escalier. On avance en hésitant. La première vague, timide, recouvre à peine nos orteils. On sait qu'elle est fraîche, froide, glaciale. On sait qu'on va se raidir, lâcher un petit cri, un soupir. Et voilà que la deuxième vague surgit, nous englobant jusqu'aux mollets. Et on hurle, on rit, on recule, on y retourne. On s'arrose, on s'engueule ! On fait mine d'être en colère, on se retourne pour mieux riposter. Et c'est la bataille. On y va à cœur joie, à coups de pied, de mains, on s'envoie de cette eau salée et sablée qui nous fera nous gratter jusqu'à la douche. Mais on s'en fout, on est des gosses. Seul l'instant présent compte. On ramasse des coquillages, on écrit nos prénoms et des mots d'amour géants (j'avoue, des gros mots aussi) en faisant glisser le talon droit sur le sable tandis qu'on sautille à reculons avec le pied gauche. Je me sens bien, libre.

Soudain, j'ai envie de marcher sans parler, le plus loin possible. Je propose l'idée. Seul Guillaume semble tenté. Les autres remontent se doucher et, je m'en doute, préparer je ne sais quelle surprise pour ma fête. Ça sera quoi, cette année ? une chanson ? un diaporama ? un album photo ? une danse ? quel cadeau ? Je les vois comploter dans mon dos depuis hier et je commence à être impatiente de découvrir ce qu'ils me réservent. Je les soupçonne d'ailleurs d'avoir missionné Guillaume pour retarder le plus possible mon retour à la villa. Je me laisse donc aller à traîner, aux côtés de mon ex-mari, complice de leurs cachotteries.

Mais revenons à l'instant présent. Le vent balaie mes cheveux, le soleil caresse mon dos. Parfois, je frissonne quand un nuage joue à nous faire de l'ombre, et bien vite, le grand plaisir de retrouver la chaleur de ses rayons dans mon cou en est décuplé. Guillaume respecte mon envie de silence. Nous avançons, côte à côte, les yeux vers l'horizon. Pas un mot, pas une phrase entre nous. J'apprécie ce moment. Je lui suis reconnaissante de ne pas parler. Quelques fois son bras frôle le mien. Tout à fait anodin, me direz-vous. Pourtant, j'en ai la chair de poule. Une décharge électrique me saisit dès que je sens le léger frottement de sa peau contre ma peau. De nouveau, je me sens jeune fille, pleine d'émotions, la sensualité en éveil. À fleur de peau, littéralement. Mais pourquoi ? Pourquoi ce retour de sensations si troublantes à son contact ? Mon homme est à la maison, préparant le barbecue, m'évitant ainsi tout travail. C'est un amour. Je l'aime et j'ai toujours envie de lui. Nous avons refait souvent l'amour depuis cette première nuit après mon accident. Et à chaque fois, le moment était magique, intense, complètement dingue. Je me sens épanouie, amoureusement, sexuellement. Je me sens femme, pleinement. Alors pourquoi est-ce que je réagis ainsi dès que je suis seule avec Guillaume ? Mes sens se bousculent. Ils se jouent de ma raison. Ils n'écoutent pas mes ordres. Ils me dépassent. Moi qui ai si souvent critiqué les gens infidèles, les traitant d'égoïstes, d'irresponsables, me voilà en proie à des pulsions adultères, le mental impuissant face à un corps en pleine ébullition, et évidemment, avec mon ex-mari. Pas un inconnu, un homme de passage. Non, il faut que ça soit mon premier amour, le père de mon fils !

Le souvenir coupable de mon émoi lors de ma balade avec Guillaume me traverse l'esprit alors que je m'apprête à souffler mes bougies. Je ne suis pas très fière de moi. Je souffle, le noir, les applaudissements. Jean me prend dans ses bras, m'embrasse, puis Guillaume. Je les aime tous les deux. Girouette que je suis.

Mes enfants se jettent sur moi, me câlinent, me crient des « Joyeux anniversaire, Maman ! », mes amis s'approchent souriants, un peu ivres, heureux d'être là, heureux de m'entourer. Je suis chanceuse d'être aussi aimée, je suis aimée et je les aime, je suis amour, cet instant est amour. Je pleure, je ris, je vois bien que ça en déstabilise quelques-uns. Ils ne me savaient pas si sensible. Avant, je cachais mon émotivité, du moins j'essayais. Je la bridais, je la contenais. Maintenant, je n'ai plus de filtre. Je laisse tout paraître. Je ne sais plus faire autrement. J'aime et je le montre. Je ne me force pas, je n'en rajoute pas. Ce n'est pas calculé, ça vient naturellement.

Soudain, une image est projetée sur un grand mur blanc. « Le nouveau président de la République française est… » Je me sens vaciller. Je me souviens du coup qui m'a assommée, je ferme les yeux, rentre la tête, me crispe de tout mon corps…

« … Emmanuel Macron ! »

J'ouvre les yeux. Je vois le visage du jeune président qui apparaît en filigrane sur l'écran. Derrière moi, je sens une trentaine de paires d'yeux qui m'observent, hilares, tandis que la musique de *Rocky* se fait entendre dans toute la pièce. Thierry apparaît, gants de boxe aux poings.

– Chère Tara, il me semblait important, pour fêter tes 44 ans, de t'offrir ces quelques secondes de bonheur dont je t'ai privé en te prenant pour mon punching-ball personnel, ce fameux 7 mai dernier. Sache que je vis encore très mal cette maladroite claque qui t'a propulsée quelques secondes dans le nirvana. Je n'avais jamais frappé de femme avant toi, à part peut-être ma sœur en CE2, et je m'en veux tellement que je voudrais réparer cela en t'offrant le plus spirituel des câlins. Celui d'Amma ! Voici donc, de la part de nous tous, un billet d'avion pour te rendre au Kerala, en Inde, pour recevoir le *darshan* d'Amma, chez elle, dans son ashram.

Nathalie, ma copine institutrice, me tend une enveloppe. J'ai du mal à comprendre. Mes oreilles bourdonnent. Amma ? En Inde ? Ce n'est pas possible ! C'est trop ! C'est trop fort ! Je n'y crois pas ! Je suis tétanisée par la surprise. Comment Thierry a-t-il fait pour savoir que je rêvais toujours de la voir ? Comment s'en souvenait-il ?

Il y a quelques années, j'étais allée voir avec lui un film de Claude Lelouch, réalisateur que j'affectionne particulièrement : *Un + une*, avec Jean Dujardin et Elsa Zylberstein. C'est avec cette histoire que j'ai découvert l'existence de cette Indienne qui passe sa vie à câliner les gens. J'étais stupéfaite devant tant de simplicité, admirative de sa capacité à donner tant d'amour sans contrepartie. En sortant du ciné, je me suis documentée sur elle, et j'en suis devenue fan. Elle est pour moi le symbole de l'amour inconditionnel.

Et voilà que ma bande me donne l'opportunité d'aller la rencontrer, de recevoir son étreinte. Un bien étrange cadeau, chargé d'amour et de profondeur. Je suis touchée, vraiment. Surprise, émue, reconnaissante, et un peu paniquée.

Coup fatal

– Insomnie ?

Je sursaute. Qui me prend en flagrant délit à griller une cigarette seule sur la terrasse, emmitouflée dans ma couverture polaire et en petite culotte ?

Guillaume.

– Oui, j'ai besoin d'air. Et je crois que l'alcool n'aide pas.

– Tu as bien bu, en effet, mais ça ne t'empêchait pas de dormir avant.

– Faut croire que j'ai vieilli.

Il sourit.

– Et toi, pourquoi tu es debout à 5 h du matin ?

– J'avais soif. Tu fumes ?

– J'ai piqué une clope à Sylvie. J'avais envie. Ça faisait dix ans que je n'avais pas touché à une cigarette.

– Et pourquoi ce soir ?

– Je voulais faire une expérience.

– Quel genre d'expérience ?

Je soupire. Comment lui dire que je voulais voir ce que ça me ferait de fumer, avec mes… enfin… mes nouvelles sensations. Personne, à part Jean et Vanessa, n'est au courant de ce qui m'arrive. Je suis assez déboussolée, et on s'inquiète suffisamment comme ça pour moi devant mes élucubrations émotives. Mais c'est Guillaume. Il est compréhensif, à l'écoute. Il ne me jugera pas. Enfin, je crois…

– Voilà, ce n'est pas facile à dire… Depuis mon coup à la tête, le jour des élections… je ressens les choses, plus, enfin moins… comme si c'était la première fois.

– Je ne comprends pas.

– Je veux dire que chaque expérience vécue, depuis que je suis tombée dans les pommes, le 7 mai, me fait l'effet d'une bombe. C'est intense, puissant. Comme si je la vivais pour la première fois. Que ce soit un truc que je mange, les câlins de mes filles, un baiser, une musique que j'écoute, un film que je regarde. Par exemple, la semaine dernière, j'ai regardé *La Boum* avec les filles. Tu vas te foutre de moi, mais j'ai ressenti les mêmes choses que quand je l'ai vu la première fois. Les mêmes papillons dans le ventre, la même curiosité avide, le même plaisir coupable en regardant les ados s'embrasser… J'avais de nouveau 12 ans.

– J'ai du mal à te suivre. Tu as perdu la mémoire ?

– Non, au contraire ! Je l'ai retrouvée ! Mais je ne parle pas de mémoire cérébrale, plutôt une mémoire kinesthésique. Je me souviens de toutes ces expériences, dans ma tête. Mais mon corps et mon cœur, eux, avaient comme oublié ce que ça faisait, et c'est comme si le choc les avait réveillés. C'est ça, mon mental continuait à agir, mais mes autres sens s'étaient engourdis, et aujourd'hui, ils sont bien vifs. Ils ont retrouvé la mémoire.

– Waouh… Mais tu as vu un médecin, t'as fait un scanner ? Ce n'est pas dangereux ?

– Ne sois pas rabat-joie, Guillaume. Je vais très bien. C'est juste très bizarre…

– Pardon, je m'inquiète toujours trop vite. Surtout quand il s'agit de toi.

– Tu ne devrais pas. C'est plutôt positif de vivre ça, tu sais. Déstabilisant, mais très agréable. Même mes pleurs, mes colères, mes frustrations, je les vis pleinement, sans filtre. Elles émergent. Je ne les freine plus. C'est libérateur.

– Alors, je me réjouis pour toi.

– Merci.

La nuit est claire. Déjà, on aperçoit les prémices du soleil levant. Dans une heure, il sortira de terre. Serons-nous encore là, tous les deux, pour admirer l'aurore ? Le silence a repris ses droits. J'entends Guillaume respirer. Je le sens troublé par ce que je lui ai révélé. Je le connais, il ne sait pas quoi faire de cette information. Doit-il me rassurer, me questionner, s'inquiéter, se réjouir ? Sa compassion me touche. Il a toujours voulu me protéger. C'est ce qui m'a plu chez lui. Mais me protéger de quoi ? des autres ? de moi-même ? Je tire une taffe, j'inhale la fumée, ça incendie la gorge, mais c'est une douce brûlure, ça coupe un dixième de seconde la respiration, puis ça ressort par la bouche, formant un nuage autour de moi.

– Tu veux essayer ?

– Non, merci.

– Allez, essaie… Comme ça, on vivra une première fois ensemble.

– On en a déjà eu beaucoup, des premières fois tous les deux…

– Alors, en souvenir de toutes ces premières fois…

Guillaume me prend la cigarette des mains, aspire par le filtre, grimace, recommence, grimace encore, insiste avec une troisième bouffée. Recrache.

– Décidément, c'est dégueulasse.

Il rit. Je ris. J'aime notre complicité à cet instant. Je le lui dis :

– C'est bon de t'avoir dans ma vie.

– Merci. J'en suis heureux. Même si j'aurais aimé occuper une autre place. Enfin… C'est ainsi, et on est mieux amis, non ?

– Oui… Dis…

– Quoi ?

– Pourquoi tu… Pourquoi t'es pas avec quelqu'un ?

– Arrête, Tara, ne pars pas sur ce terrain…

– Pardon, ça ne me regarde pas. Mais moi aussi je m'inquiète pour toi. Je veux ton bonheur. Et j'aimerais te voir amoureux.

– Mais je suis amoureux.

Je me fige, surprise par cette réponse inattendue et, je dois l'admettre, un peu jalouse.

– Ah bon… T'es avec quelqu'un ? C'est qui ? Je la connais ?

– Oui.

Mon cœur se serre. En plus, je la connais. C'est une copine, une voisine, une collègue ?

– Et…

– Et tu en sais bien assez comme ça.

Il quitte le transat qui l'avait accueilli et marche vers le bosquet au fond du jardin. Je lui emboîte le pas, bien décidée à connaître le nom de l'aimée.

– Allez, Guillaume, dis-le moi… C'est qui ? Je ne te lâcherai pas…

– Je l'aime, mais on n'est pas ensemble. Je l'aime, c'est tout.

– Elle ne veut pas de toi ?

Il s'arrête net, plante ses yeux dans les miens. Je défaille, j'ai peur de comprendre.

– Elle ne veut *plus* de moi !

Mes larmes surgissent. Reflets de ma culpabilité, de mes remords et de ma tristesse mêlés. Je lui ai fait du mal. Il m'aime toujours. Il est encore amoureux de moi.

– Guillaume… je…

– Chut.

Il pose son doigt sur ma bouche. Il faisait ça souvent avant de m'embrasser, au tout début de notre relation. Ça me faisait fondre. J'avais toujours tendance à trop parler, à expliquer, excuser, justifier. Il m'arrêtait de son index sur mes lèvres. Puis, il m'embrassait, taisant tout ce qui n'était pas essentiel.

Il pose son doigt sur ma bouche, et je fonds comme au début. Je ferme les yeux, mon cœur palpite, mes membres tremblent. Rien. J'ouvre les yeux. Il s'est reculé. J'attrape sa main. Il respire fortement.

– Tara…

– Chut…

Un baiser. Encore un baiser. Un tourbillon. J'ai 20 ans. Je suis jeunesse, désir, fougue. Je suis de nouveau dans la peau de cette jeune femme assoiffée d'amour et de sensualité, impatiente de se blottir dans les bras de ce gars calme et solide.

Un baiser. Je frémis, mon ventre explose sous la pression, je bouillonne, mon corps veut plus, mon corps réclame, mon corps l'appelle, l'attire. Mes pieds quittent le sol. Il me soulève de ses bras puissants, me porte derrière l'immense pin au fond du jardin, m'allonge sur la mousse, se plaque de tout son poids contre moi. Il glisse sa main sous mon T-shirt, empoigne mes seins, fermement, sans hésiter. Son genou écarte mes cuisses, sa respiration se fait rapide. Mes idées s'embrouillent, mes hanches s'ouvrent, mon dos se cambre, mon cœur s'emballe, ma peau s'enflamme. Tout est en émoi, tout est volupté. J'attends qu'il entre en moi. Je le supplie presque. Je n'en peux plus. Il me prend, me possède. Il m'écrase. Extase.

Coup-able

Coupable d'adultère. Honte et remords. Honte et dégoût de moi. Honte et angoisse.

J'ai trompé Jean. J'ai trompé Jean avec Guillaume. J'ai trompé Jean avec Guillaume chez Guillaume. J'ai trompé Jean avec Guillaume, chez Guillaume, alors que Jean dormait chez Guillaume.

Mais quelle personne je suis ? Qu'est-ce que je suis devenue ? Qu'est-ce que je fais ? Je ne maîtrise plus rien. Je me laisse envahir par mes sens, je ne réfléchis plus. Égoïste et irresponsable. Incapable de me contrôler. Et les conséquences, maintenant ? Quelles vont être les conséquences ?

Nous avons joui. Et puis… Il m'a chuchoté « pardon » à l'oreille.

Il m'a aidée à me relever. Nous nous sommes époussetés, défroissés. Nous avons vérifié que personne ne traînait dans les parages. Nous sommes rentrés dans la maison. Il m'a demandé : « Ça va aller ? » J'ai répondu oui de la tête. Il est monté dans sa chambre. J'ai pris une douche. Une longue douche froide, je me suis savonnée. J'ai frotté, frotté, comme si ça pouvait effacer ce que je venais de faire, ce que mon corps venait de ressentir. Comme si ça pouvait laver mes soupirs, mon plaisir, mon orgasme et ma mauvaise conscience. J'ai frotté, mais ça ne partait pas. Alors, j'ai pleuré. Je me suis essuyée. Et suis allée retrouver Jean qui dormait d'un sommeil profond et serein.

Je ne dors pas. Je suis tétanisée, recroquevillée sur le lit, juste à côté de Jean qui dort encore du sommeil de l'innocent. Il est 6 h du matin. Il ne sait pas. Je l'ai trahi et il ne le sait pas. Je suis sale, mauvaise, je ne le mérite pas. Je voudrais le réveiller et tout lui dire. Je voudrais qu'il se mette en colère, qu'il me haïsse, qu'il crie, qu'il hurle, qu'il m'en veuille à mort. Je voudrais lui demander pardon, mille fois, cent mille fois. Je voudrais qu'il pleure et menace de me quitter, de casser la gueule de Guillaume. Je voudrais me jeter à ses pieds pour le supplier de rester, lui dire à quel point je m'en veux, je me déteste. Je voudrais que tout cela passe très vite. Puis qu'il finisse par me pardonner. Qu'il me presse contre son torse, me dise qu'il m'aime toujours malgré ça. Qu'il me fasse de nouveau confiance, et qu'on oublie cet épisode. Que les choses reprennent leur cours normal : lui et moi, fous l'un de l'autre, fidèles, complices. Lui qui part vers de nouvelles aventures, moi qui attends le retour du marin, patiente, conciliante, sachant que rien de mieux que notre union ne peut exister. Mais j'ai tout fait péter. Tout est foutu. Je suis devenue une autre, une version bizarre de moi-même. J'avais appris à aimer cette nouvelle moi, mais ce matin, je l'exècre et j'aimerais qu'elle disparaisse à tout jamais. Je veux redevenir la Tara qui hésite, la Tara qui doute, qui anticipe, qui bride son émotivité, qui maîtrise ses sens, qui filtre ses ressentis, qui mentalise et évite le genre de connerie irréparable qu'elle vient de faire. Mais c'est impossible. Cet instant-là est l'un des plus difficiles que j'aie jamais eu à vivre. C'est le calme avant la tempête. Pour le moment, il est encore mon mari, mon amant, le seul. Je suis encore fiable à ses yeux. Il est confiant, certain de ma fidélité. Guillaume n'est encore pour lui que mon ex et le père de mon fils, le gentil gars qui n'a pas su me rendre heureuse. Il n'est pas encore le rival, l'amant de sa femme, l'homme à abattre.

Cette fois, l'expérience que je vis est bien une première. Même lorsque j'avais trompé et quitté Guillaume – pour Jean, ironie de la situation –, je n'avais pas ressenti cela. Une telle culpabilité, un tel dégoût, une telle rage contre moi. Je n'avais pas eu peur. Je ne me sentais pas fautive. J'étais triste de mettre fin à notre relation, triste pour lui, pour Oscar, mais je n'avais pas de regret. Je savais que Jean était l'homme de ma vie. Cette fois, c'est terrible, ce que je vis intérieurement. C'est un véritable tsunami que je vois arriver. La vague approche, se faisant de plus en plus grande, et je sais que, quand elle sera à ma hauteur, elle va tout ravager sur son passage. J'aime Jean, je suis dingue de lui. Je ne veux pas que ça s'arrête. Je ne veux pas lui faire de mal. Je ne veux pas qu'il m'abandonne, et je sais qu'il le pourrait. Il ne réagira pas comme Guillaume l'a fait, il est entier et plus réactif. Il voudra partir, fuir sur les mers et qui sait quand il reviendra. Si je perds sa confiance, je le perds. S'il n'est pas le seul à mes yeux, il s'en ira, et je ne m'en remettrai pas.

Une boule d'angoisse me submerge. Je n'arrive plus à respirer, j'ai besoin d'air. De l'air. Je me lève en trombe et descends rapidement l'escalier. J'enfile nerveusement mes baskets, et me dirige vers la porte d'entrée pour aller marcher dans la forêt de pins.

– Tu vas où ?

Je sursaute. Karine, en nuisette, cheveux ébouriffés, m'observe, un brin étonnée de mon envie subite d'aller faire un footing aux aurores.

Je tente d'articuler sur un ton le plus décontracté possible :

– Faire un tour… Besoin d'air…

– Vous vous êtes engueulés avec Guillaume ?

Je tressaille.

– Hein ? Pourquoi ?

– Parce que je viens de le voir partir en voiture.

– Il t'a dit quelque chose ?

– Non, pas eu le temps, j'étais aux toilettes, j'ai entendu quelqu'un dévaler l'escalier, et ouvrir la porte d'entrée. Je suis sortie, j'ai regardé par la fenêtre, et j'ai vu sa voiture s'en aller.

J'aurais voulu mentir d'un air détaché, inventer un truc pour l'éloigner et qu'elle aille se recoucher, pour que je puisse aller respirer dehors, prendre mon téléphone et appeler Guillaume. Qu'il m'explique la suite, qu'il me rassure ou qu'il trouve une idée. Qu'il me dise qu'il ne s'est rien passé, que c'était juste une expérience, un moment d'égarement. Que tout va rentrer dans l'ordre. Que rien ne va changer, qu'on est toujours amis et complices. Que la vie est belle et qu'il est juste parti chercher des croissants.

Mais je ne peux pas. Ma gorge se serre. La boule d'angoisse déborde et j'éclate en sanglots. Karine, médusée, s'avance vers moi et me prend dans ses bras.

– Là… Là… Mais qu'est-ce qu'il se passe ? Qu'est-ce qui ne va pas, Tara ?

– Je… Je… J'ai tout gâché ! J'ai tout gâché !

– Viens, on sort, attends, je mets mes tongs… Voilà, allez, dehors, on va marcher par là.

Karine me prend par le bras, me tend un mouchoir, elle me parle tout bas, chantonne presque, comme pour bercer un bébé. Elle est si douce, si calme, si bienveillante. Cette fille respire l'harmonie. Elle n'est jamais dans les conflits, dans les disputes. Jamais un mot plus haut que l'autre. Elle n'a jamais montré aucune jalousie, ni impatience face à mon amitié avec Thierry. Et je lui suis vraiment reconnaissante de toujours nous avoir laissé nos moments ensemble. Nous nous aimons beaucoup. Pourtant, nous nous parlons peu. Je suis l'amie de Thierry. Elle est la femme de sa vie. Chacune son rôle, les choses sont claires. Nous nous apprécions, nous savons qu'il a besoin de nous deux, pas de la même façon. Je suis heureuse qu'il l'ait pour femme, et elle qu'il m'ait comme amie. Je ne sais pas si Thierry lui raconte ce que je lui confie. Mais si c'est le cas, elle n'en a jamais rien montré. Aussi, je me moque de savoir ce qu'elle peut bien connaître de moi, je me sens en confiance avec elle. Et même si, habituellement, c'est à Thierry que je demande conseil, sur l'épaule de Thierry que je pleure, le numéro de Thierry que je compose en cas d'urgence, ce matin, c'est Karine qui me câline, qui prend soin de moi, qui attend patiemment que ma crise se passe.

– Je suis désolée… Je sais pas ce qui me prend, hoqueté-je.

– T'inquiète. T'inquiète… Je suis là. Calme-toi. Tu parleras après, si tu veux parler. Et si tu ne veux pas, on marche. Tout simplement.

– Comment fais-tu pour être toujours si douce ?

– Je ne fais pas exprès. Des fois, on dit que je suis molle.

– Non… Tu n'es pas molle, tu es tendre… Et c'est pile ce dont j'avais besoin.

– Alors, je suis contente que la bière d'hier soir m'ait obligée à me lever pour faire pipi.

Elle sourit et se serre contre moi.

– Karine… J'ai… J'ai fait quelque chose de grave. Je m'en veux tellement. J'ai…

– T'es sûre que tu veux me le dire ? Tu ne veux pas que je réveille Thierry ?

– J'ai tellement honte que, même avec Thierry, j'aurais du mal à parler.

– Tu peux compter sur moi.

– Cette nuit… Guillaume et moi… on a…

– Vous avez eu cette dernière nuit d'amour qui vous manquait…

– Hein ? Comment tu sais ? Que veux-tu dire par « dernière nuit d'amour » ?

– Pas compliqué à deviner. Y avait une tension sexuelle entre Guillaume et toi tout ce week-end, on l'a tous sentie, je crois. En tout cas, moi, ça m'a frappée.

– Tu crois que Jean aussi ? Des gens en ont parlé ?

– Non, bien sûr… et je ne pense pas que Jean l'ait remarqué, mais Thierry, oui. Ça l'inquiète, d'ailleurs. Il dit que tu n'es plus la même depuis ton…

– Mon accident ? Je sais… Et il a raison. Je suis complètement à l'ouest. Il se passe des choses en moi que je ne contrôle plus. Dès que j'ai une expérience, je la ressens très fort, comme si c'était la première fois. Tous mes sens sont décuplés. Mon mental ne maîtrise plus rien. C'est à la fois flippant et jouissif. Je me sens tellement plus libre et en même temps incapable de gérer quoi que ce soit. Et hier, c'est ce qui s'est passé. Je n'arrivais pas à dormir, Guillaume est arrivé. Je suis devenue dingue. Sa présence a réveillé tout ce que j'aimais chez lui. Tout ce qui me donnait envie de lui quand on s'est connus. On avait déjà presque échangé un baiser, le lendemain de mon accident, mais il m'avait arrêtée. Et là, j'ai recommencé, mais il n'a pas résisté cette fois. Il était même très entreprenant… Et on a couché ensemble. Là, dans les bois, comme ça, sans rien préméditer, comme des ados, comme notre première fois. Mais on n'est plus des gamins, c'est mon ex, je suis mariée, et j'ai trompé Jean… avec Guillaume ! Tu te rends compte dans quelle merde je suis ?!

– …

– Je me sens tellement… tellement ! Comment Jean va-t-il le prendre ? Qu'est-ce qu'on va devenir ?

– Jean ? Mais il ne va rien savoir, Jean. Tu ne vas rien lui dire ! Tu ne dois rien lui dire !

– Pardon ?

– Pourquoi lui dire ? Pourquoi lui faire du mal ? Tu l'aimes. Tu veux rester avec lui. Tu as eu un instant de folie, tu as fait une erreur. Et alors ? Après plusieurs années en couple, la tentation est possible et la bêtise aussi. Ça arrive. Mais pourquoi en faire une source de malheur, une occasion de blesser l'autre ? Tu as vécu un moment fort avec Guillaume. Chouette ! Garde ça pour toi et retourne tranquillement vers Jean. Tu t'affirmes, Tara, c'est tout ce que je vois, moi, depuis que mon mari t'a assommée. Tu affirmes ta personnalité, tes choix et tes refus. Tu réveilles cette femme sensuelle qui est en toi. Alors, oui, tu dérapes, tu délires, tu lâches les rênes et tu perds les commandes. Mais c'est bon et c'est tout ce qui compte. Tu t'affirmes et je suis heureuse d'assister à ça. On s'en fout que tu aies couché avec Guillaume. Tu as été si sage jusqu'ici avec Jean, épouse loyale qui patiente sur le quai jusqu'au retour de son flibustier. Et qui sait s'il n'en a pas eu, lui, des aventures, dans un autre port ? Tu ne peux en être certaine et tant mieux. Ça lui appartient, et cette nuit avec Guillaume, c'est ta vie.

– Mais quand même, Jean était dans ma chambre, cette nuit. J'aurais dû être avec lui, pas derrière un arbre avec son prédécesseur.

– Flagelle-toi autant que tu veux, Tara, tu ne pourras pas changer ce qui s'est passé. Laisse Jean à ses rêves et occupe-toi plutôt de savoir comment va Guillaume.

– Je l'appelle ?

– Tu en as le courage ?

– Oui, je crois…

– Alors, je te laisse.

– Merci, Karine.

– De rien, ma Tara, me répond-elle en me pressant la main.

– Karine ? lui lancé-je alors qu'elle s'éloigne.

– Oui ?

– Tu vas lui dire quoi, à Thierry ?

– Rien. C'est *ton* meilleur ami, pas le mien, répond-elle en me faisant un clin d'œil.

– Allô…

Je me fige. Sa voix est froide, lointaine.

– Guillaume ?

– Oui…

– Ça va ?

– À ton avis, Tara.

Il dit « Tara » sur un ton si grave que ça résonne dans tout mon corps.

– Tu es où ?

– Je suis à la plage. Fallait que je réfléchisse loin de la maison.

– Et ?

– Et... Je suis paumé Tara. Complètement perdu. Je suis le dernier des connards. Comment on a pu faire ça ? Comment on en est arrivés là ? Je m'en veux, je t'en veux. Qu'est-ce qu'on fout ? On va souffrir, les enfants vont souffrir, ton mec va souffrir, et moi... Tara, j'en peux plus. À quoi tu joues avec moi ? Tu le sentais pas que je t'aimais toujours ? Tu le voyais pas ? Enfin, tous tes potes le savent ! Ils se marrent même avec ça. Guillaume, toujours aux pieds de son ex, Guillaume, le petit toutou de Tara. Même Jean, il le sait. Et toi, t'avais rien vu ? Ou tu voulais pas voir, ou ça t'arrangeait de m'avoir toujours dans le coin, dispo, au cas où ? Comme cette nuit. T'as envie, tu m'embrasses et tu crois quoi, que je vais pas craquer ? Que je vais rester sage ? J'ai résisté une fois, pas deux. Pourquoi ce cinéma ? Pourquoi me chauffer ? On fait quoi maintenant, hein ? C'est drôle cette situation, un bon vieux vaudeville, le mari cocu qui cocufie celui qui l'avait cocufié ! Pathétique !

– Guillaume, ne sois pas si dur. On en avait envie tous les deux. C'est arrivé, et voilà...

– Et voilà ? Et voilà, on n'en parle plus ! Un plan cul et on retrouve notre petit quotidien ? Mais je n'en ai pas envie, moi ! Je n'en ai pas envie ! Je te désire toujours ! Je veux encore te caresser, t'embrasser, te pénétrer, entendre ton râle, sentir ta chaleur, mélanger notre sueur. Alors, c'est arrivé, mais c'est pas tout. Je veux que ça arrive encore. Alors, on fait quoi ? T'as une idée ? Tu me demandes d'oublier, de passer à autre chose ? Je ne peux pas, je ne veux pas. Et je m'en veux pour ça. Surtout, je t'en veux à toi. Pourquoi tu m'as cherché ? Il te suffit plus, ton prof de sport ? Tu t'en lasses ? Pourquoi moi ? Prends-en un autre. Pourquoi moi ?

– Tu es insultant, Guillaume ! Arrête ! Je voulais pas ! Je suis désolée, pardon. J'ai tout gâché ! N'en rajoute pas !

C'est trop pour moi. Je raccroche, le visage baigné de larmes. Silence.

Je suis seule dans la pinède quand le soleil émerge. Je déambule au hasard des allées bordées de villas endormies. Amère.

Guillaume reste immobile, le Smartphone à l'oreille, écoutant, médusé, le bip qui signifie que la conversation est coupée. Tara a raccroché, et le voilà comme un con avec sa colère et sa rancœur. Il ne voulait pas se sentir responsable. Il voulait tout lui mettre sur le dos. Après tout, elle lui plaît toujours et elle l'a bien allumé. Pourquoi s'en vouloir ? Pourquoi porterait-il le chapeau ? Mais il sait bien qu'il y a plus que ça. Il sait bien que c'est ce qu'il attendait, depuis qu'elle est partie. Ce moment où elle serait blasée de Jean, cet instant où elle se rendrait compte qu'il n'était qu'une folie. Ce jour où elle reviendrait vers lui, Guillaume, son vrai mari, son vrai amant. Celui avec qui elle finirait sa vie. Et hier, elle est revenue vers lui, depuis quelques semaines, elle revenait vers lui. Déjà, le lendemain des élections, il aurait pu… Mais il a choisi de ne pas se précipiter, de résister, et de patienter. Il a observé discrètement, il a espéré avoir Tara de nouveau dans ses bras, Tara, enfin à lui. Oublié Jean. Elle revenait. Il le savait.

Pourtant, maintenant qu'il l'a reconquise, maintenant qu'il l'a eue contre lui, il réalise que c'est fini. Tara est toujours amoureuse de Jean. Tara n'a pas l'intention de revivre avec lui. Elle est juste revenue pour vivre d'anciennes sensations. Les mêmes effets, les mêmes émois que leur première fois. Mais Tara n'a jamais eu l'intention de repartir avec lui, et c'est ça qui le vexe. C'est ça qui le rend amer : il a perdu. Il l'a eue un instant à lui, le temps de retrouver le goût de sa peau, son odeur, sa voix, ses soupirs. Puis, elle est retournée vers son mari, l'autre, pas lui. Et là, il se sent con, très con. Qu'est-ce qu'il imaginait ? Il regrette que ça se soit passé. Dès lors, il ne peut plus rêver, il ne peut plus espérer, il ne peut plus fantasmer. C'est fini.

Il ne l'aura plus, ni comme maîtresse, ni comme épouse, et certainement plus comme amie. Elle sera juste la mère d'Oscar. Il a envie de pleurer.

Non, il ne veut pas, ça ne doit pas se passer comme ça ! Il respire d'un grand coup l'air frais et iodé de la mer, reprend sa voiture et se dirige vers la villa, priant pour trouver Tara et pouvoir lui parler avant que tout le monde se réveille.

Coup du lapin

– Putain… Vous êtes vraiment des lapins ! Vous me dégoûtez !

– Oscar ! Qu'est-ce que tu fais là ?

– Vous êtes des salauds ! Des porcs ! Vous me dégoûtez ! hurle-t-il en détalant loin de nous.

– Oscar ! Arrête ! Reviens ! Attends… m'écrié-je alors que son père s'élance à sa poursuite.

Comment a-t-on pu en arriver là ? Il est presque 7 h du matin et je suis en pyjama et baskets, au milieu de l'allée bordée de pins de la maison de mon ex-belle-mère, observant, ahurie, mon ex-mari aux trousses de notre fils qui vient de nous voir nous embrasser.

Comment a-t-on pu en arriver là ?

Si je n'étais pas aussi choquée, je rirais à l'idée de cette mauvaise scène de comédie romantique américaine. Mais je n'ai pas envie de rire. J'ai juste envie de vomir. Mais… C'est justement ce qu'est en train de faire Oscar, tandis que Guillaume arrive enfin à le rattraper. Il vomit. Il vomit, fragile, traumatisé par ce baiser qu'il n'aurait pas dû voir. Il vomit, bouleversé par cette étreinte qui n'était rien de ce qu'il peut imaginer.

Nous nous disions au revoir. Guillaume est revenu en voiture, il m'a aperçue assise sur le bas-côté, fatiguée et complètement paumée. Nous avons parlé vraiment, sans rien nous cacher. Nous ne voulions pas gâcher cette harmonie qui régnait jusqu'à présent dans notre famille dé- et recomposée. Nous avons décidé de mettre entre parenthèses cette pulsion insensée ; notre amitié était bien plus importante que le sexe. Quand nous nous sommes levés pour rentrer, il m'a prise dans ses bras et m'a embrassée sur le front. C'est à cet instant que notre fils a déboulé de nulle part, effaré, me fixant, en petite tenue, au petit matin, dans les bras de son père au milieu des maisons de vacances. Pauvre enfant. Qu'avons-nous fait ?

Je me précipite vers mon bébé, je le revois tout petit, quand il était malade, ayant besoin de moi, de mes bras, de mes mots doux pour le réconforter. « Je suis là, Maman est là. C'est juste un mauvais moment à passer. Tu iras vite mieux. » Mais mon petit a 16 ans, et c'est de l'alcool qu'il vomit. Mon petit a fait le mur, et il a beaucoup trop bu !

– Lâche-moi, Maman ! Lâche-moi ! Me touche pas ! Tu me dégoûtes !

– Enfin, Oscar, t'as vu ton état ?! T'étais où ? T'as bu quoi ?

– T'es pas en position de me faire de leçon ! Vous forcez le bail, vous deux ! Laissez-moi tranquille, allez faire vos trucs dégueu ailleurs !

– Oscar, tente son père. T'as rien vu, c'était juste un câlin !

– Mytho ! Mytho ! J'ai entendu Maman parler avec Karine ! Vous avez couché ensemble, bande de tarés ! Avec Jean dans la maison ! Alors ? Vous faites moins les fiers maintenant ! Vous avez quoi à répondre ?

Et il vomit sa rage et son whisky-coca. Et moi aussi, je vomis, je vomis ma honte et mon désespoir… Quel spectacle de désolation.

Coup de pute

Il est là, face à moi, dans le canapé, la tête entre les mains. J'ai tout dit. Je ne voulais pas qu'Oscar porte ce secret. Je ne voulais pas qu'il hésite entre protéger ses parents et être honnête avec Jean. Alors j'ai tout dit.

Nous avons passé la journée à faire semblant. Oscar a dormi presque tout le temps. Guillaume et moi le veillions tour à tour pour nous assurer qu'il allait bien. Belle gueule de bois. Et en priant pour qu'il ne nous balance pas. Pas tout de suite, pas devant les autres, les amis, ses sœurs. Nous marchions sur des œufs, pressés que la journée avance. Faire semblant, ce n'est plus mon fort. Je suis toujours sans filtre et dans cette situation, c'est loin d'être confortable.

J'avais envie de hurler « J'ai trompé Jean ! », de taguer en lettres géantes sur les murs du salon « Pardon ! ». Mais j'ai tenu le coup. Je n'ai pas moufté. J'ai joué l'épouse modèle et comblée par cette majestueuse fête. Fatiguée, certes, mais si heureuse. Ma vie est un conte de fées, une vraie réussite. Équilibrée. Saine. Transparence et confiance… Tu parles ! Un vrai bordel, ma vie ! Des maris-amants-amants-maris… Des gosses qui nous grillent, des potes qui nous jugent. Eh oui, parce que le Thierry, il a du flair. Il a bien vu que Guillaume et moi étions dans nos petits souliers, qu'Oscar avait bien plus que la gueule de bois, que Karine n'était pas comme d'habitude. Il a d'abord essayé de lui tirer les vers du nez, en vain. Mais quand il est venu me cuisiner, j'ai vite craché le morceau, persuadée qu'il m'aiderait à trouver une solution. Je me trompais. Je n'avais jamais vu cet éclair dans les yeux de mon ami. Depuis nos 14 ans, quelle que soit la connerie que j'aie pu faire, il avait été amusé, attendri, voire désolé, mais jamais il ne m'avait jugée. Pourtant, cette fois, j'ai bien vu qu'il n'avait aucune compassion pour moi. Il m'a passé un de ces savons dont je me souviendrai longtemps.

Le seul qui ne sentait pas l'électricité ambiante, c'était Jean. Il était en pleine forme, sifflotant, se moquant gentiment de l'état d'Oscar, espérant même qu'il ne vomirait pas dans la voiture de Guillaume. Il rangeait, nettoyait, chargeait le coffre. Il conduisait, rêvassait, parlait des vacances qu'on allait passer à Biscarrosse en août. Les filles, derrière, sur leurs écrans, ignoraient tout de la face cachée de leur mère et du cataclysme qui s'annonçait… Plus nous nous rapprochions de Lille, plus je me convainquais qu'il fallait le lui dire, et plus j'avais envie de m'évanouir.

Nous y voilà. Les filles sont au lit. Les sacs sont vidés, les lessives lancées. Il s'affale sur le sofa, me demande quelle série j'ai envie de regarder, et moi de lui répondre cette fameuse phrase tragiquement cliché :

– Jean, j'ai un truc pas facile à te dire…

Il souffre. Je viens de lui infliger la claque de sa vie. Je le regarde, impuissante. Bourreau de son cœur. Il pleure. J'ai du mal à respirer. Ça tape dur et vite dans ma poitrine. Je vais imploser. Revenir en arrière. Rembobiner la pellicule, tourner une autre scène, mais pas celle de samedi soir et encore moins celle-ci. Mon amour, mon seul amour, mon grand amour ! Si petit, fragile, abîmé par mes pulsions nouvelles ! Mon égoïsme ! Mes sensations, trop fortes, surpuissantes me tournent la tête et me font faire n'importe quoi.

Elles me dépassent, prennent le pouvoir. Ma tête n'y peut plus rien. Un comble ! Moi qui avais peur de tout, qui anticipais, préparais, raisonnais, rationalisais… J'ai envie, je prends, je ressens, je plonge dans les voluptés de mon corps, de mes sensations, sans qu'à aucun moment mon cerveau ne reprenne les rênes pour me dire que je suis en train de tout gâcher !

– J'arriverai plus à te regarder…

– Jean ! Non… Je suis désolée.

Je suffoque. Je reçois un grand coup de barre en fer dans les omoplates. Ma respiration se coupe. Je me jette à ses genoux. Il reste fermé, crispé. La tête dans les mains, les bras sur les genoux. Recroquevillé.

– Putain, Tara ! Je t'aimais, merde ! Pourquoi ? Et avec lui ! Pourquoi ?

Je voudrais répondre, mais je ne peux pas. Tout se coupe, je m'étouffe. J'insiste, je tente d'articuler dans une immense respiration. Je tombe dans les pommes.

Coup de balai

Le front collé contre la vitre du bus, je contemple le paysage qui défile sous mes yeux gonflés d'avoir trop pleuré. Des kilomètres de bas-côté recouverts de détritus en tout genre attisent la colère et le dégoût qui m'envahissent depuis trois semaines. Je regarde ces trottoirs poubelles et je rage. C'est sale. Cette terre est puissante mais souillée. Cette terre est magnifique mais polluée. Les saris nobles et chatoyants des femmes se mêlent aux couleurs criardes, chimiques, toxiques des plastiques. Les montagnes de fruits appétissants dans les étals se confondent avec bidons, boîtes et papiers déchiquetés à même le sol. Je ne vois plus que ça. Impossible de me concentrer sur les temples surchargés de statues arc-en-ciel, sur le ciel d'un bleu pur, sur les groupes d'enfants qui jouent joyeusement, sur les animaux qui vivent en liberté, les boutiques de tissus flamboyants, les échoppes d'épices. Impossible de voir que ce monde est beau, vivant, intense.

Terre défigurée. Décharge infinie. Comme moi. Descendre et nettoyer. Je veux descendre et nettoyer. C'est tout ce que je veux. J'ai trompé. J'ai trompé mes hommes aimés, mes enfants, mon intégrité. Je me sens sale, comme ces paysages défoncés et jonchés d'immondices.

J'ai pris le bus pour Madurai. J'irai voir le temple de Mînâkshî avant d'aller chez Amma. Je ne mérite pas Amma. Pas maintenant. Pas comme ça. Mieux vaut, pour moi, aller me perdre dans l'immensité du temple dédié à cette déesse, avatar de Pârvatî, elle-même réincarnation de Sati… Un beau bordel de divinités, qui passent de guerrières à épouses soumises, puis de séductrices à destructrices la nuit, dès qu'elles dansent. Un peu comme moi en ce moment. Je construis et je détruis. Je vibre et je vomis, je danse et je casse. La haine ne me lâche pas. Il y a peu de temps, je riais, entourée d'amour et de joie. C'était mon anniversaire. J'ai dansé, bu, embrassé, fait l'amour. Mais pas avec la bonne personne. Et j'ai tout abîmé. Mon fils ne me parle plus. Mon ex ne me parle plus. Mon mari non plus. Ils sont tous partis, Oscar chez un ami en Corse, Guillaume sur les chemins de Compostelle et Jean, en mer. Ils ont pris leurs cliques et leurs claques et m'ont laissée toute seule, en proie à mes démons, tenue pour responsable de ce fiasco familial. J'en veux tellement à cette nouvelle Tara ! Croqueuse de vie au point de blesser ceux qu'elle aime ! Profiteuse de l'instant, au détriment de ceux qui lui sont si chers. Tant de sentiments m'envahissent ; rage, haine, tristesse, amertume, mais à mon grand étonnement, pas de culpabilité…

Je fulmine, je bous, je suis un volcan, avec une envie terrible de hurler ma colère. Pourtant, je ne ressens aucune once de cette culpabilité qui me cisaillait le ventre pour un rien avant mon choc à la tête. Avant, j'aurais pleurniché, trépigné, quémandé désespérément le pardon. J'aurais peut-être même cherché à expliquer mon comportement. J'aurais cherché d'autres coupables, trouvé des excuses, reporté la responsabilité sur d'autres. Mais non, pas là. Je suis en colère, point final. Je les ai laissés partir, et plutôt que de me lamenter, recroquevillée dans mon lit, et n'en sortant que pour faire bonne figure devant mes filles qui ne doivent rien comprendre à ce tohu-bohu émotionnel avec les hommes de ma vie, j'ai décidé de mettre les voiles, moi aussi. Prendre du recul. Faire le point.

J'ai organisé la garde des filles. J'ai soutenu le regard désolé de Pierre, celui désespéré de Myriam, je n'ai (surtout) pas appelé ma mère. J'ai sacrément pleuré en embrassant Ève et Ambre. J'ai pris mon avion pour Kōchi. Mon cadeau. Mes 44 ans. À consommer sur place le plus vite possible et sans modération. Il y a urgence ! Tara explose ! Tara déconne ! Et je me retrouve dans ce bus, à pester contre toutes ces ordures qui jonchent le sol. Je veux nettoyer ce sol. Je veux dégager tout ça. Mettre un bon coup de balai. Faire peau neuve. Cette idée m'obsède. Je ne pense plus qu'à ça. Descendre et ramasser les déchets. Descendre et ramasser ma vie.

Prochain arrêt. Quel est le nom de cette ville ? Peu importe, je sors. Je mets un pied à terre, je récupère mon sac à dos, je le vide de tout ce qui n'est pas essentiel. Je me sens déjà plus légère. J'achète ensuite un grand panier, et je l'emporte jusqu'à l'orée du village pour commencer à ramasser. En silence. Un par un, j'enfourne les papiers, emballages, boîtes, sachets dans mon grand panier. Des gens passent, me regardent avec étonnement. Certains rient, certains s'arrêtent. Un homme vient vers moi.

– *What are you doing ?*

– *I'm cleaning.*

– *Why ?*

– *Because I need to.*

Il me croit folle. Je le suis peut-être, mais je continue mon travail. C'est devenu mon unique but. Mon unique peine. Jusqu'au coucher du soleil, j'avance lentement mais sûrement. Mon téléphone sonne. Il me gêne, j'enlève la puce et l'enfourne dans ma poche. Des enfants tournent autour de moi. Ils sont étonnés et amusés. Quand mon panier est plein, je leur demande où est la décharge pour le vider. Ils s'esclaffent, hilares, en me montrant le sol que je viens de nettoyer.

– *Here !*

– *I can't do that. I need to find another place. I have to protect the land.*

Ils s'éloignent, incrédules. Eux aussi me croient dingue… Mais quelques minutes plus tard, l'un des gamins revient avec sa mère.

– Tu ne peux pas rester dehors, seule, étrangère. C'est dangereux. Viens dormir chez moi.

Je souris. Je la suis. Moi aussi je me pense folle et inconsciente. Pourtant, j'écoute mon intuition. J'ai confiance.

En marchant, Abhaya me raconte qu'elle vit seule avec ses trois enfants. Elle parle un peu anglais. Son mari est parti travailler dans les champs de thé du Kerala. Ici, il n'y a pas de travail ; là-bas, ça paie bien. Mais Yahi ne revient pas souvent. Abhaya nettoie des vêtements dans une laverie. Elle se lève très tôt, 4 h du matin, pour se rendre à la laverie. Ses enfants vont à l'école, mais Tarak, le plus grand, voudrait arrêter. Il a 13 ans, il préfèrerait rejoindre son père pour gagner de l'argent. Pour lui, l'école ne sert à rien. On n'y apprend rien d'utile. On n'y apprend pas la vie. Et puis, lui, il rêve de devenir footballeur. Un jour, il le sait, un club européen le repérera, et il sera payé des millions pour jouer au ballon. Et son père n'aura plus besoin de se tuer le dos dans les arbres à thé, sa mère n'aura plus à se brûler les mains sur les chemises des riches, ses frères pourront ouvrir leurs boutiques, leurs restaurants, ils rachèteront toute la ville, et toute la ville les respectera. Abhaya rit, découvrant une dentition fragile. Le dentiste, ce n'est pas pour les gens de leur condition.

Avant de me faire entrer, elle balaie rapidement, puis allume des bougies et chasse quelques mouches. Elle écarte le rideau et m'invite à m'asseoir. Je l'imite en enlevant mes chaussures, et prends place sur l'un des coussins de fortune qu'elle me présente. Nous sommes assises en tailleur dans l'unique pièce de la maison. Quatre murs jaunes, un réchaud pour le thé, le riz, des banquettes faites de rectangles de mousse recouverts de tissus colorés. Le mobilier est sommaire, mais l'espace est propre et chaleureux. Abhaya prend bien soin de faire bouillir longtemps l'eau pour le thé. Elle a cuisiné un cari de légumes. Je suis étonnée de mon audace, mais heureuse d'être là, le cœur battant. Mon petit juge intérieur panique : *Tu es malade ou quoi ? Tu vas te faire égorger, te faire enlever et vendre au marché aux esclaves. On va t'ouvrir le bide, te voler un organe. Tu vas mourir de dysenterie à cause des microbes dans la bouffe ! Sauve-toi, va te réfugier à l'ambassade. Reprends un avion direct et enferme-toi à double tour dans ta maison 1930 en briques rouges de Lille !*

Mon corps semble vouloir le contraire : *On est bien là. Je me sens en sécurité. Je suis au bon endroit au bon moment. Mon cœur palpite, ça bouge, ça vibre à l'intérieur ! Que d'émotions, c'est bon. Je vis. La vie coule !*

Nous buvons notre thé en silence. Abhaya m'observe. Les enfants s'activent autour de nous. Ils réchauffent le cari, sortent acheter du pain, des fruits. Leurs copains de quartier passent la tête, un sourire jusqu'aux oreilles, je leur fais un petit signe, ils se sauvent en riant.

Abhaya veut savoir. Elle dit que je la touche, que je dois beaucoup souffrir pour faire ça. Ramasser les poubelles des autres, quand on n'est pas intouchable… Ça doit être une telle souffrance en moi, pour oser aller contre la volonté des dieux… Elle s'interroge : pourquoi cette solitude ? Pourquoi l'Inde ? Elle est triste pour moi. Un comble. Abhaya éprouve de la compassion pour ce que je vis. Sincèrement. Et ma culpabilité fait son retour au grand galop : *Tara, tu ne vas pas laisser cette pauvre femme te plaindre. Regarde où elle vit, regarde sa santé, son mari qui est loin, ses enfants sans avenir. Regarde sa malchance. Cette injustice. Ce gâchis ! Et tu la laisses te remonter le moral, s'inquiéter pour toi ? Tu n'as pas honte ?*

Mais mon corps encore une fois répond autrement :

Regarde son sourire sincère, sa joie d'être en vie, sa fierté d'être mère, l'amour pour son mari, pourtant si loin. Regarde la bonté, la générosité, le bonheur qu'elle transpire, la lumière qui rayonne en elle. Si tu regardes cela, tu le ressens, ça te nourrit, ça te guérit. Tu es avec la bonne personne. Et Abhaya aussi. Vous aviez besoin de vous rencontrer. Vous avez tant à apprendre l'une de l'autre.

– Ton cœur est blessé, mais ramasser tous les déchets du monde ne le réparera pas. Tu dois d'abord t'occuper de toi. Retourne voir ton mari. Explique-toi avec lui.

– Impossible. Il ne m'aime plus. Je l'ai trompé. Je me suis trompée. Je continuerai. Je sais que c'est vain et absurde. Mais ce monde aussi est vain et absurde.

– Dors, la nuit te portera conseil.

J'ouvre les yeux… Abhaya m'attend. Elle a dégoté une petite charrette.

– Si ton karma est de ramasser les ordures de ce pays, vas-y. Prends cette brouette. Tu pourras y mettre ta récolte.

– Merci.

Je reprends ma route et ma collecte. La bande des enfants m'a rejointe. Ils ne se moquent plus, ils m'aident. D'autres personnes m'approchent. Toujours la même réponse : « *I want to clean the world. Plastic is pollution.* » J'avance au ralenti, le dos courbé. Je remplis la charrette. Les gamins m'assistent. Ils vont la vider où ils peuvent. Ils cherchent des poubelles, des décharges. Les locaux rient, s'interrogent. Je les amuse, mais ils me témoignent beaucoup de respect, de gentillesse. On m'apporte à manger. J'accepte. Je sais que c'est bête. Je vais tomber malade, mon estomac n'est pas préparé, mais ça m'est égal. Je n'ai peur de rien. Même plus de mourir. Je pense à mes filles. Je pleure. Je pense à Oscar. Je pleure. Je pense à Jean, je pleure. À Guillaume, je pleure. Il faut que j'évacue, que je nettoie mon cœur. Alors, je nettoie ; mon cœur, mon corps, ma tête et les rues de cette petite ville dont je ne connais toujours pas le nom. D'autres personnes viennent nous aider : une femme âgée, un commerçant, de plus en plus d'enfants. On ne me pose plus de question. J'ai soif. J'achète du coca. Je déteste le coca, mais c'est ça ou du thé et la turista qui va avec.

Des policiers arrivent. Ils prennent un air digne et sérieux. Ils me disent que c'est dangereux, que je ne peux pas faire ça. Ils veulent voir mes papiers. Je suis en règle. Ils ne peuvent pas m'interdire de ramasser des détritus. Ils ne comprennent rien. Moi non plus. Je fais une pause. Je ferais mieux de reprendre un bus. Direction Madurai ou chez Amma, ou mieux : chez moi, dans mon petit cocon bien à l'abri. Ça ne rime à rien. Je n'ai même plus de téléphone. Je me suis coupée de tout et de tout le monde. Une angoisse m'étreint soudain. Je ne peux appeler personne, ni mes enfants, ni Jean, ni Guillaume, ni Thierry. Personne ne sait où je suis, ni ne peut me joindre. Je me sens si seule et si libre. Cette sensation me donne le vertige. Je suis à la fois complètement démunie, à la merci du danger, et toute-puissante, seule devant mes choix. Seule à décider, agir et assumer. Alors, je décide de continuer encore un peu.

Le soir venu, Tarak et ses copains m'escortent de nouveau jusque chez lui. Abhaya m'attend, un air mi-amusé, mi-contrarié sur le visage.

– Toute la ville parle de toi. On t'appelle « Rubbish Queen ». Tu es devenue une star en deux jours. Les gens savent que je t'héberge. Ils viennent me voir, ils veulent comprendre ce que tu fais. Savoir qui t'envoie. Pourquoi je te connais. Je réponds que je ne sais pas. Que la vie t'a menée à moi. Que tu es un mystère et que ça me fait du bien. Je réponds qu'il y a sûrement un message d'au-dessus de nous. Une volonté divine. Ou que tu es simplement perturbée et qu'il faut te laisser laver tes péchés et essuyer tes larmes en ramassant les ordures.

– C'est ce que tu penses ?

– Je ne pense pas. J'expérimente… Je suis mon instinct. J'observe ce qui est.

– Je ne te pose pas trop de problèmes ? Je voudrais te payer le gîte et le repas…

– Non.

– J'insiste, c'est normal.

– Non. Tu es mon invitée. Je suis honorée de ta présence chez moi.

– Que puis-je faire pour toi, alors ? Pour te remercier ?

– Raconte-moi ta vie en Europe.

Alors, je lui dis tout. Mon enfance de fille unique gâtée-étouffée, mon père parti, mon premier mariage, mon métier d'institutrice, mon premier enfant. Mon mal-être, ma rencontre avec Jean. Ma décision de quitter Guillaume, mes filles, mon amour qui part souvent en bateau, Guillaume toujours aussi présent et résilient. Mes peurs, mes amis, Thierry, cette vie vécue en apnée, sans ancrage solide, en priant de ne pas me faire renverser à la moindre bourrasque. Mon manque de confiance en moi, ma culpabilité permanente, mon syndrome de l'imposteur. Mon coup à la tête, mes sensations qui s'emballent, mes émotions qui s'affolent. Mon manque de contrôle complet. Mon corps qui s'exprime et vit tout à mille à l'heure, au point de ne plus avoir de repère, au point de ne plus être raisonnable, de faire des conneries irréparables. La nuit avec Guillaume, Oscar qui nous surprend, Jean qui a le cœur brisé. Ma fuite en Inde, ma sensation de saleté. Ma souillure. Mon besoin de nettoyer, réparer. Ma pulsion qui m'a jetée hors du bus et me pousse à ramasser tout ce qui traîne par terre depuis hier.

Abhaya m'écoute, patiente, compatissante, étonnée mais pas railleuse, les yeux écarquillés, curieuse, ouverte. Elle écoute comme une enfant, sans préjugé, sans a priori. Elle écoute de tout son cœur. Et je me livre à elle, lui confie mes peines sans honte. Elle m'invite à lui offrir le récit de ma vie, comme un cadeau, un bon livre, un univers à découvrir. Mon univers. Quand j'ai fini, elle me serre contre elle. Elle me sert une soupe. Je lui demande d'en faire de même, de me raconter sa vie.

– Demain, si tu veux bien. Ce soir est ton soir. J'ai besoin de t'écouter et de chérir ta parole, me répond-elle.

Quelle drôle de femme. Quelle belle femme. Quel amour de femme.

En sortant de la petite baraque d'Abhaya, au soleil levant, je suis surprise de voir que plusieurs personnes m'attendent. Des visages que je reconnais, qui m'ont aidée hier à récolter les déchets, mais aussi des nouveaux. Certains ont des sacs, des paniers, des remorques. Je suis décontenancée. Pourquoi veulent-ils m'aider ? N'ont-ils rien de mieux à faire ? La vieille dame qui m'avait déjà accompagnée hier articule quelque chose que je ne comprends pas. Un homme traduit.

– L'ancienne nous dit que si c'est important pour une étrangère, ça doit l'être pour nous. Nous allons t'aider.

Je ne sais pas quoi dire. Je n'ai rien à dire. Je souris, pleine de gratitude et tout de même un peu incrédule. Je retourne là où j'étais hier, entourée de ma bande de collecteurs du jour. Nous sommes une vingtaine. Nous travaillons en silence, pourtant je sens de la joie, de la complicité. Quelque chose qui se passe de parole. Une communication au-delà de ce que je connais déjà.

Un jeune homme se joint à nous. Il se présente : c'est un reporter pour le journal du district. Il est intrigué par ce que nous faisons et demande à m'interviewer. Je suis embêtée. Je n'ai pas de message particulier à véhiculer, pas de cause à défendre. Je n'ai pas de raison valable, politique, solidaire, humanitaire à lui exprimer. Je n'ai pas de but. Un simple besoin d'être là où je suis et de débarrasser ce qui m'entoure de ce qui est polluant. Comment lui dire que ce bout de terre qui n'est pas la mienne symbolise pour moi l'état de mon cœur ? Que j'ai besoin de mettre un coup de balai ? C'est d'ailleurs l'unique chose que je réussis à articuler dans mon anglais approximatif :

– *I felt dirty, I acted.*

Il me remercie, s'entretient quelques minutes avec d'autres ramasseurs. Puis il se met, lui aussi, à nettoyer le sol. C'est un moment très pur, simple comme une méditation. Une prière partagée, vécue dans le mouvement. Quelquefois, certains chantent. Puis, le silence revient. On nous apporte des fruits et du thé. Je prends tout, maintenant, je ne crains plus de torturer mes intestins.

Soudain, un groupe d'hommes m'interpelle. Ils se disent chefs du quartier, ou maires de la ville, je ne comprends pas bien. Ils n'ont pas l'air content. Ils m'ordonnent d'arrêter, de partir. Je me sens en danger.

– Oui, O.K., *I will stop. I'll leave, tomorrow*, je bafouille.

Ils me proposent de me raccompagner à mon hôtel. Je dis non, ce n'est pas la peine. Je tremble, je commence à transpirer. J'ai peur. Et mon instinct me dit que j'ai raison. Ils ne sont pas commodes, je les gêne.

Abhaya apparaît alors qu'ils insistent. Elle leur parle. Ils me jettent un regard noir en s'éloignant.

– Tu vas t'attirer des ennuis, rouspète-t-elle. Les petits chefs n'aiment pas ce que tu fais. Une Européenne qui fait le travail des intouchables. Ça ne leur plaît pas. Viens dormir chez moi cette nuit encore. Mon frère a un taxi, demain il t'emmènera où tu voudras.

Je la suis. J'ai vraiment confiance en cette femme.

Coup de flip

– Abhaya, de quoi as-tu peur dans ta vie ?

– Ta question est étrange. J'ai peur quand un camion frôle un de mes enfants de trop près, si je trébuche et que je risque de me blesser. J'ai peur quand un danger menace. Puis, la peur retombe dès que le danger est passé. Et toi, de quoi as-tu peur, Tara ?

– Je crois que j'ai peur de tout. J'ai peur de perdre les gens que j'aime, j'ai peur de ne pas être à la hauteur de ma vie, j'ai peur de décevoir les autres, de tomber malade, de mourir, de manquer d'argent, de m'engager, de dire non, de dire oui, de prendre une décision, d'aimer, de mal aimer, de ne pas être aimée, d'être aimée. J'ai peur de vivre, en fait. C'est con. Car si je ne vis pas, je meurs, et j'en ai encore plus peur.

J'aurais tant aimé prendre en photo le visage de mon hôte à cet instant précis. Les yeux écarquillés par la surprise, la bouche entrouverte, le corps figé. Je la vois démunie devant tant de peurs. Abasourdie par ce poids qui pèse sur mes frêles épaules. Encore une fois, je me bats avec la culpabilité pour ne pas trop m'en vouloir de souffrir plus qu'elle.

– Comment fais-tu pour supporter tant de peurs ? Comment fais-tu pour vivre avec tant de craintes ?

– Je crois que nous sommes beaucoup dans ce cas, en Europe. Tu n'as pas peur de la maladie, de la pauvreté, de la mort, de la séparation ?

– La peur est un réflexe pour moi, pas une réflexion. J'ai peur, puis ça passe. La maladie, la pauvreté, la séparation font partie de ma vie, de la vie de tout le monde. La mort aussi, c'est à la fois une fin et un recommencement. Pour certains, c'est une délivrance, même. Tout ce que tu crains et cherches à fuir, c'est ce que nous vivons, nous, les êtres humains. C'est notre lot. C'est ce que nous devons apprendre. C'est notre karma. Pourquoi se laisser envahir par la terreur ? Pourquoi se faire mal avant que ça n'arrive ? De toute façon, nous les vivrons. Nous serons malades, nous devrons nous séparer de ceux qu'on aime, nous devrons vivre et puis mourir dans le dénuement le plus total. La peur nous éloigne de l'amour. La peur emballe ton cœur dans un sachet plastique aussi souillé que ceux que tu ramasses depuis deux jours. La peur t'empêche de respirer. Elle doit être si lourde pour toi. Un gros poids, je crois.

– Oh oui, c'est un immense poids. J'ai un poids colossal dans le cœur. Enfin, j'avais. Depuis peu, c'est plutôt un ballon de baudruche que je sens dans ma poitrine. J'ai l'impression que mon cœur a gonflé, qu'il ne cesse d'enfler et qu'il va exploser. Tout ce qui croise mon chemin me connecte à un événement de ma vie et provoque un tsunami émotionnel. Ça en devient très gênant. Si j'ai peur, c'est tellement fort que je me fige ou que je me mets à courir. Si je suis triste, je pleure à chaudes larmes, bruyamment. Et quand je ressens de la colère, je deviens rouge cramoisi et j'ai envie de hurler, de pousser les murs en me jetant dessus. Chaque émotion, non seulement je la vois arriver, mais en plus elle est démultipliée. Avant, je ne ressentais pas grand-chose dans mon cœur. Tout se passait dans ma tête. Mais maintenant, je vis avec un couteau planté dans le cœur jour et nuit. Tout ce que je croyais avoir su contrôler dans mon passé, tout ce que j'étais certaine d'avoir assumé, tout ce que je pensais avoir vécu sereinement, tout me revient en mémoire depuis que je suis dans ce pays, mais c'est mon cœur qui est touché. Les événements tristes que j'avais réussi à surmonter sans pleurer, les injustices que je n'avais pas dénoncées avec rage, les brutalités encaissées sans broncher, les humiliations qui ne m'avaient pas blessée, les intrusions qui ne me faisaient pas souffrir… Depuis, je les revis et sens monter en moi tous les cris de douleur que j'avais enfouis, croyant ainsi être à l'abri.

– À l'abri de quoi ?

– À l'abri du mal, de la souffrance, de la chute, de l'insupportable…

– Mais qu'est-ce qui est si insupportable ?

– Ben, tout ça, la douleur, la faiblesse, la tristesse, la colère, la peur, le manque, la trahison, l'insatisfaction… Comment tu les supportes, toi ?

– Je les supporte car je les vis. Ce sont juste les réactions de mon cœur, de mon corps. Elles passent par moi. C'est tout. Je ne vois pas ça comme de la souffrance. Ou en tout cas, pas comme quelque chose qui nous détruit. Elles sont. C'est tout. Je les vis, je les ressens. Je les accueille. Que faire d'autre ? Les refuser accentuerait ma frustration. Et je désobéirais aux lois de la nature. Je ne serais pas digne du chemin qui a été décidé pour moi. Pourquoi vouloir les éviter ?

– Je ne veux pas les éviter, je ne veux pas qu'elles me submergent, c'est tout…

– Et la joie ?

– Et la joie quoi ?

– Ressens-tu la joie ?

– Oui, de plus en plus, depuis l'accident que je t'ai raconté.

– Tu as tenté de la gérer ? De l'affaiblir ?

– Ben non, elle ne me gêne pas cette émotion-là. Elle me fait plutôt avancer, je l'ai perdue pendant si longtemps…

Abhaya sourit. Son petit nez se retrousse et ses yeux se mettent à briller. Je lui rends son sourire.

– *Crazy european woman !* me lance-t-elle dans un grand rire.

J'aurais pu prendre cela comme un jugement, une moquerie. J'aurais pu me sentir conne devant cette petite femme, si sage et courageuse, qui ne peut comprendre mon handicap émotionnel et ma phobie des ressentis. Mais, non, son rire est si sain, si honnête, si vrai, que je me sens emportée moi aussi. J'éclate de rire à mon tour. Un fou rire, même, à en pleurer. Abhaya et moi ne pouvons pas nous comprendre. Mais nous avons réussi à nous retrouver ailleurs que dans nos têtes et nos idées. Nous nous sommes rencontrées en profondeur. Et ce fou rire partagé nous mène à un niveau différent de l'amitié. Celui qui n'a pas besoin des mots. Celui qui est sincère, sans explication, sans preuve, sans artifice.

Elle a raison, je suis dingue. Folle furieuse. Et ça me fait marrer au point de sentir des choses se dénouer en moi. Je me sens bien. Je me sens à ma place, avec mes peurs et non plus malgré elles. Sur le chemin, c'est tout. Pourquoi chercher plus loin ? Pourquoi essayer de tout comprendre ? La vie me fait de beaux cadeaux. *Accepte-les et profites-en, Tara.*

Coup-pure

Abhaya me serre dans ses bras, elle sait que nous avons vécu, hier soir, un moment magique, une pure expérience humaine. Nous nous sommes aimées, sans chercher à être sur la même longueur d'onde. Je n'oublierai jamais cette femme. Elle sera toujours en moi, une petite fée au milieu des déchets. Je salue sa grandeur, sa résilience et sa simplicité. La reverrai-je un jour ? Qui sait ? Mon cœur se serre, je n'ai pas envie de la quitter. Elle verse une larme. Elle sait, cependant, que notre karma nous fera nous retrouver un jour, si nécessaire, dans cette vie ou la prochaine. Abhaya est un maître pour moi, une déesse de la vie. Elle ne fait pas partie des nantis, elle lutte chaque jour pour la survie de sa famille, attend patiemment le retour de son mari, accepte son sort et se réjouit de chaque moment de bien-être, de plaisir, de bonheur. Elle se nourrit d'amour, n'est pas esclave de la peur. Elle n'est pas épargnée par les souffrances, la pauvreté, la maladie, ni le deuil. Et pourtant elle est bien plus vivante que moi, bien plus sage, bien plus heureuse.

Je monte dans le taxi de son frère. Je lui fais un signe, un sourire. Elle pleure. Moi aussi. Je pleure sur notre au revoir. Je pleure de joie aussi. Je pleure de vie. Un bout de moi vient de ressusciter. Je me sens plus pleine, plus forte. C'est bizarre, car je me sens aussi tellement plus vulnérable. Mais je me retrouve, je retrouve la route. Je me croyais perdue, Abhaya m'a indiqué la direction. Mon cœur revit ! C'est ça qu'Abhaya a réveillé en moi. Mon cœur reprend du service. Depuis tant d'années, je l'avais enfermé, souhaitant le protéger. Trop facilement pénétrable quand j'étais enfant, il était menacé par des prédateurs qui ne respectaient aucune frontière. Des parents trop aimants, trop présents, trop intrusifs, s'incrustant sans vergogne dans chaque alvéole de mon palpitant. Réclamant l'exclusivité de mon amour. Ils lui prenaient tout, ne lui laissant aucun espace pour moi ou d'autres. Pour me protéger, j'ai dû le boucler à double tour, le pousser à se dessécher, le rapetisser comme une tête réduite pour que mes parents ne puissent plus entrer dans ce qui était devenu aussi dur et minuscule qu'un noyau de cerise. Mon mental a pris le relais et c'était bien ainsi, car ça m'a protégée un temps, le temps de grandir… Mais ensuite, impossible de réhydrater ce cœur, impossible de lui redonner sa rondeur, ses couleurs vives, son moelleux. Tout sec. Minuscule. Mon cerveau a joué les remplaçants tant qu'il a pu. Puis, il a fini par oublier. Oublier la peur d'abord, et c'était tant mieux, puis la colère, on s'en passe très bien, la tristesse, inutile, la tristesse… Et enfin la joie… et là, ça devient grave. Quand on ne sait plus ce que c'est que la joie, quand même en la mimant, on se trompe, on n'arrive plus à faire semblant. On se fane… comme je me suis fanée. Ce voyage, c'est une chance de refleurir. De renaître à moi. *Arrête-toi, Tara, laisse émerger. Nourris ton cœur, donne-lui à boire et à manger, il n'est pas trop tard. Le destin te donne une nouvelle chance. Rends-lui ses formes généreuses, son rouge flamboyant. Ils ne sont plus dangereux, tes parents, ils ont perdu de leur mordant. Tu n'as plus besoin de te défendre. Il est temps à présent de rouvrir boutique. Il est temps de rouvrir ton cœur.*

Coup de grâce

« Bienvenue à Amritapuri, l'ashram d'Amma. »

Alors que je fais la queue pour m'enregistrer au bureau d'accueil, je parcours rapidement le fascicule d'information. « Un ashram n'est pas seulement un ensemble d'immeubles, de temples, d'arbres et de logements. C'est une institution vivante et dynamique. Les pratiques spirituelles, le service, les prières, les pensées et les actions désintéressées des visiteurs s'allient à la grâce du maître pour faire de l'ashram un lieu saint, un lieu sacré. » Je comprends que je vais mettre les pieds dans un lieu sacré. Je me sens fébrile, un peu perdue, en observant ces grands immeubles rose orangé de dix étages. Cette mini-ville est un lieu de spiritualité. Je ne m'attendais pas à cela. Je m'imaginais des petites maisons, des salles intimistes, des jolis chemins bordés de fleurs, pas des barres HLM style années soixante-dix.

Quand mon tour vient, on me demande combien de temps je souhaite rester. Je n'en ai aucune idée. Deux jours, deux semaines, deux mois ? Qui sait ? Mon interlocutrice ne semble pas étonnée de mon indécision. Elle me propose de m'inscrire pour deux jours et m'offre de repasser si je souhaite allonger mon séjour. J'acquiesce, heureuse de ne pas avoir à programmer quoi que ce soit. Heureuse de ne pas me sentir « piégée » dans cet univers qui m'impressionne déjà.

Je me rends à l'*accommodation supply* pour retirer mon linge de lit. Jack, un Anglais d'une cinquantaine d'années, queue-de-cheval grise, chemise à fleurs, me sourit.

– *First time here ?*

– *Yes.*

– Tu es venue seule ?

– Oui.

– Ne t'inquiète pas. On est toujours un peu effrayé au début. Mais tu vas t'habituer. Si tu as besoin de quoi que ce soit, viens me voir. Je serai heureux de t'aider.

– Merci.

Les draps qu'il me fournit ont bien vécu. Dépareillés, un peu rêches, mais propres. Je comprends que ce passage chez Amma sera, à l'image de ce linge, sous le signe de la modestie et de la simplicité. Je peine à trouver ma chambre. Dans l'ascenseur, un couple de Français que j'aurais plutôt imaginé sur un parcours de golf que dans un ashram me souhaite la bienvenue et me guide vers ma chambre. C'est la troisième fois qu'ils séjournent ici. La première fois, ils sont venus « en touristes » quelques jours, comme ils disent, rieurs, puis deux semaines l'an dernier, trois semaines, cet été. Ils me racontent la vie chez Amma, me rencardent sur les cours de yoga, la restauration, les rites… Je les remercie, un peu saoulée par toutes ces informations que j'ai bien du mal à retenir. J'investis ma chambre. C'est une pièce mal entretenue, dont la propreté laisse à désirer, meublée de façon spartiate de deux lits superposés en métal, ornés de fins matelas en simili cuir un peu gras, d'une petite table, de deux chaises, d'une cabine douche-toilettes vétuste et d'un espace où l'on peut cuisiner, uniquement composé d'un plan de travail de carrelage jaune, d'un évier et d'étagères. Pas de frigo, pas de plaque, si je veux cuire quelque chose, je devrai me procurer un réchaud à l'une des boutiques du centre. J'ai une boule dans la gorge, la sensation d'entrer dans une cellule de prison. L'un des lits est occupé, mais ma colocataire est sortie.

Je me sens très seule. J'aimerais appeler Jean. J'aimerais parler à mes enfants. Je leur ai envoyé un message depuis le taxi. Je me suis décidée à remettre la puce dans mon mobile. J'avais reçu quelques SMS de Thierry, de Karine, de mes beaux-parents, mais pas de Jean, pas d'Oscar, pas de Guillaume. J'ai éclaté en sanglots dès que j'ai entendu les petites voix d'Ambre et Ève sur mon répondeur. Le message date d'il y a déjà trois jours. Je me suis empressée de les rappeler, mais sans succès. Je leur ai donc écrit pour leur raconter mon voyage, enfin, tenter de raconter ; difficile en effet d'expliquer ce que je vis depuis mon arrivée en Inde. Comment leur écrire que ma colère m'a conduite à descendre d'un bus pour ramasser des déchets, comment leur décrire l'humble habitation d'Abhaya, comment leur exprimer la grâce de cette femme, l'amitié qui est née entre nous ? Je me suis donc contentée de mots simples et rassurants : « Je passe des moments envoûtants. Je suis très heureuse. J'apprends beaucoup de choses. Ce voyage me fait vraiment du bien. Je pense à vous tous les jours. Je sais que Papy et Mamie s'occupent bien de vous. J'ai hâte de vous serrer dans mes bras. Je vous aime. On se retrouve bientôt. »

Cela fait déjà plusieurs jours que je suis séparée de mes filles et, pour la première fois, je ressens vraiment le manque. Une pointe dans le plexus. Un besoin explosif de les embrasser. Un désespoir profond de me savoir loin d'elles. Quelle folie ! Qu'est-ce que je fais là ? J'attrape mon sac, il faut que je parte. Je dois retourner au plus vite près des miens. Jouer mon rôle de mère. Protéger mes filles. Retrouver mon fils, gagner son pardon. Et Jean… Revoir Jean. Implorer sa clémence. Réparer les dégâts. Reprendre à zéro.

J'accepterai tout de lui. Qu'il parte en mer, qu'il vive ses rêves et pas les miens, ses projets, ses passions, ses idées. Je ferai tout pour qu'il m'aime à nouveau. Que je redevienne sa princesse, sa déesse. Il ne peut en être autrement.

– Vous partez déjà ? La chambre ne vous plaît pas ?

Alors que je m'élance vers la sortie, une grande femme blonde d'une quarantaine d'années me barre le passage.

– Non, enfin, si. Je ne sais pas trop ce que je fais ici. Ma place est en Europe avec mes enfants.

– Si vous le dites.

Elle entre et dépose son tapis de yoga sur le lit occupé. Tandis que j'hésite à sortir, un peu penaude, telle une enfant qui vient de se faire surprendre en train de faire une bêtise, elle me demande en s'emparant de mes draps :

– Alors, je vous aide à faire votre lit ou pas ?

– Oui, merci, avec plaisir.

Je lâche ma valise et attrape les coins du linge que me tend Greta.

Coup de maître

Dans les ruelles cernées de murs couleur saumon se croisent des gens de toutes les nationalités, habillés de vêtements longs et amples, souvent blancs. Impressionnant, intimidant... Greta m'invite à pénétrer dans une espèce de hall de gare sans trains, plein de chaises en plastique occupées par des dizaines d'Indiens. Ils regardent en direction d'une scène disposée au fond de la salle, surplombée d'un écran géant. Sur une estrade face à la scène, des musiciens délivrent des mélodies méditatives. Sur cette scène, je vois beaucoup de monde, debout, assis sur des chaises, par terre en tailleur, et au milieu... Amma ! Je suis émue. Touchée au cœur. Mes larmes sortent toutes seules. Greta me demande si ça va.

– *Yes, I'm O.K., it's happiness.*

Greta m'emmène déjeuner dans l'une des cantines du centre. Nous choisissons l'occidentale, *veggie burgers* et pizzas. Tout est à très bas prix, cuisiné et servi par des bénévoles qui font le *seva*, un service désintéressé qu'offre toute personne résidant à l'ashram. Nous sommes servies dans des gamelles en métal que nous lavons nous-mêmes dans des espaces dédiés à cet usage. Greta me quitte ensuite pour aller à son cours de musique. Je décide de retourner m'asseoir un moment dans l'auditorium et me laisse envahir par l'énergie du lieu. Tout me semble étrange et familier à la fois. J'ai l'impression d'être hors du temps, hors du monde. Les gens autour de moi méditent, discutent entre eux, rient, achètent des petits souvenirs d'Amma ; *malas*, médailles, poupées de chiffon à son effigie, petits rouleaux de papier enfermant des messages spirituels bénis de sa main… Je ne sais plus quoi penser. Cet ashram est-il mercantile ou réellement désintéressé ? Une arnaque ou un vrai havre spirituel ? J'ai croisé des touristes français habillés en Quechua de la tête aux pieds, des familles d'Indiens avec leurs habits de cérémonie, des disciples tout en blanc ou en orange, des hippies à dreadlocks, des illuminés presque nus, des mendiants en guenilles, des enfants de toutes les couleurs… En déambulant dans les alentours, j'ai vu des gens prier, pleurer, errer, travailler, des gens rire, des gens jouer aux échecs, faire du shopping de vêtements d'occasion, du troc de livres.

À côté de moi, une femme pleure ; une fillette de 8 ou 9 ans, assise deux rangs plus loin avec ses parents, l'aperçoit. Elle se lève, s'approche d'elle et lui fait un câlin. La femme, d'abord surprise, éclate de rire et lui rend son étreinte. C'est un moment magique, suspendu dans le temps. La petite retourne s'asseoir à côté de sa mère qui l'embrasse à son tour, l'œil humide devant le geste de pure empathie de son enfant. Je pense aux miens. Ils me manquent de plus en plus. Ça brûle dans mon cœur. J'ai du mal à respirer. Les chants lancinants de l'orchestre me font tourner la tête. J'ai très chaud soudain, des papillons noirs et violets brouillent ma vue, je tremble, je sens que je vais tomber. Un homme se rue vers moi, il m'allonge sur le sol, m'installe les pieds en l'air. C'est Jack, l'Anglais qui m'a donné mes draps. Une Indienne m'envoie de l'air en agitant un éventail au-dessus de mon nez. Quand je reprends mes esprits et parviens à me relever, on me tend un verre d'eau et un sucre. Ça devient un peu trop récurrent, ces évanouissements…

– Tu devrais profiter d'être ici pour consulter le médecin ayurvédique de l'ashram, me conseille Jack.

La femme à l'éventail le coupe et s'exclame :

– *I know you ! You're Rubbish Queen !*

Elle appelle sa famille postée à quelques mètres. Une demi-douzaine d'hindous m'entoure, s'arrachant un journal des mains avant de me le tendre. Je suis en photo dans le canard local ! La dame m'explique qu'elle et sa famille viennent de la région où j'ai passé trois jours à ramasser les ordures, et qu'elle vient à peine de terminer de lire l'article qui parle de cette Française qui a reçu pour ordre des dieux de nettoyer les trottoirs de la ville dont je ne connais toujours pas le nom. Et voilà que je tombe littéralement à ses pieds. Le petit groupe n'en revient pas. Ils voient cela comme un signe, ils remercient Amma, Vishnu, Kali, Shiva, Ganesh et j'en passe. Et moi, je ne sais plus où me mettre. Ils m'embrassent, me demandent des selfies. Je suis gênée, mais polie, je m'exécute. Jack perçoit mon inconfort, il m'attire vers l'extérieur et me propose d'aller m'inscrire au bureau du *seva* afin de participer bénévolement à quelque tâche que ce soit.

– Tu es une star a priori ! Pourquoi récoltais-tu les détritus de ce bled ?

– Si je le savais moi-même… C'est une drôle d'histoire.

– En Inde, il ne se passe que de drôles d'histoires, crois-en mon expérience.

Il me raconte alors ce qui l'a amené à distribuer des draps usés aux visiteurs d'Amritapuri.

Jack est né à Manchester en 1967. Ses parents travaillaient dans l'une des nombreuses filatures de coton de la ville, avant de se retrouver au chômage comme des milliers d'ouvriers. Il a grandi dans les ruelles en briques avec ses copains de quartier, alors que son père vivotait entre football et sorties au pub. Dès ses 10 ans, il a découvert la new wave – il a même vu Joy Division en concert dans une cave à peine peuplée de trente personnes –, les bagarres et la drogue avec son grand frère. C'est fou, plus il me décrit sa vie, plus je suis projetée dans l'univers de Ken Loach. Dans les années quatre-vingt, son frère et mentor est mort d'une overdose dans les toilettes d'un bar underground. Là, on est carrément dans *Trainspotting*. Ça lui a fait comme un électrochoc. Il a compris que s'il restait là, il finirait lui aussi défoncé au fond d'une impasse qui sent l'urine. À peine majeur, il a pris ses cliques et ses claques, au grand dam de ses parents déjà meurtris par la perte de leur aîné, direction les plages de Biarritz pour rejoindre un pote qui s'éclatait au sein d'une bande de surfeurs punk. Et là, il a fait la grande découverte de sa vie. L'expérience de la liberté, la connexion avec la nature, le vent, la vague, le sentiment d'appartenance à une nouvelle famille, un vrai gang, le challenge sportif. Il a eu l'impression de renaître, d'être à sa place, d'avoir de la valeur et du talent. Il a laissé pousser ses cheveux, a rencontré des filles toujours plus belles et bronzées. Il a continué à fumer, à se défoncer, un peu, beaucoup. Il allait de fête en fête, de spot de surf en spot de surf. Il a débarqué en Californie, est tombé amoureux, est devenu papa, mais Kelly l'a quitté pour un autre champion et est partie loin de lui, leur fils de 18 mois sous le bras. Il en a souffert, a perdu le sens.

Il est alors parti à Bali. Il a appris à méditer, à peindre sur la soie. Il a arrêté de consommer des drogues. Il a rencontré une jolie Balinaise et est devenu papa une deuxième fois, d'une petite Mauri. Il retournait régulièrement à Manchester pour voir ses parents, par fidélité. Mais ils ne se comprenaient plus, il était parti trop loin de leur monde. Son père était malade, une cirrhose, et sa mère toussait beaucoup, un cancer. Il voyait très peu son fils. Une fois par an, quand les voyages de son beau-père leur permettaient de se croiser. Il n'a jamais eu l'occasion de le présenter à ses parents : son père est mort en 1996, suivi deux mois plus tard de sa mère. Mauri les aura vus une fois. Elle ne s'en souvient pas, elle n'avait que 3 ans.

Jack a débarqué à Manchester dès l'annonce du décès de son père. Il y a trouvé sa mère si faible qu'il a décidé de rester à ses côtés. Ces quelques semaines passées près d'elle, dans sa ville natale, l'ont bousculé plus qu'il ne le pensait. Il se sentait seul, orphelin, le cœur serré. À son retour à Bali, il a décidé qu'il devait donner plus, aimer mieux, s'investir pour la Vie, s'engager pour l'Amour. Il a rencontré des sages, des médecins, des gourous, il a médité, prié, s'est instruit. Il était en quête de l'amour inconditionnel. En vain. Il a souvent été déçu. Il s'est séparé de sa seconde femme.

Mauri a grandi. En 2010, à 17 ans, un accident de surf lui a ôté l'usage de ses jambes. Jack était en colère, il fustigeait tous les dieux de l'univers de s'attaquer aux personnes qu'il aimait. Six opérations. Deux ans de rééducation. Mauri avait besoin de béquilles, la marche ne reviendrait pas. Jack n'était plus que colère, rage, frustration. Il en voulait à la terre entière. Mauri ne le supportait plus. Il voulait à tout prix qu'elle bouge les pieds, qu'elle se batte, qu'elle défie la nature. Qu'elle atteigne ce qu'elle ne pouvait atteindre. Il l'a trop poussée. Un soir, elle lui a hurlé de s'en aller, que c'était lui qui lui causait des douleurs, pas ses jambes, et qu'elle ne voulait plus le voir.

Alors, Jack a quitté Bali. C'est l'Inde qui l'a recueilli. Après des semaines d'errance, il a atterri dans l'ashram d'Amma. Amma, Amour inconditionnel. C'est ici que la colère de Jack est tombée, c'est ici que Jack a lâché ses peurs, ses frustrations, et son infructueuse quête du bonheur. Dans les bras d'Amma, il s'est senti aimé. Juste aimé. En l'entourant de ses mains, en posant sa tête sur son torse, elle l'a accueilli, lui, l'enfant, le petit gosse de Manchester. Elle l'a pris tel qu'il était, le beau surfeur des plages de l'Atlantique, le père incapable de l'être, l'amoureux de l'amour mais jamais ni de ses femmes, ni de lui-même. Elle a tout pris de lui, sans savoir, sans juger, sans critiquer, sans excuser ni même nier. Elle l'a aimé car il était en vie. Il était, il vivait, et la vie s'est remise à couler. Jack a compris qu'à travers Amma, c'est lui-même qu'il avait commencé à aimer. Amma était une divine excuse. En acceptant qu'une femme puisse l'aimer sans le connaître, sans essayer de le séduire, il s'acceptait lui, il s'accueillait tel qu'il était. Il s'aimait tout court. Et Jack est devenu lui-même.

Depuis ce temps, Jack vient plusieurs semaines par an chez Amma, et le reste du temps, il le consacre aux écoles qu'il a ouvertes en Indonésie pour les enfants handicapés. Mauri est devenue une belle jeune femme. Elle vit en Australie, mariée et maman, aimée et heureuse. Elle est la grande fierté de son père. Il voit toujours très rarement son fils, seule ombre à son cœur.

Son histoire me touche : sa quête incessante, sa déception chronique, sa colère… C'est cette colère qui me taillade les entrailles depuis plusieurs jours. Je suis arrivée dans le même état que lui, en rage. Je suis enragée et je cherche à nettoyer, à faire le ménage, à faire disparaître ce qui me ronge, ce qui me fait mal. Mais avant de nettoyer la terre, les rues, les autres, je devrais peut-être commencer par mon intériorité, mon intimité, mon *moi*. Je sens que ça bouge déjà. Je sais que j'ai déjà commencé, mais que c'est loin d'être terminé.

Toute à mes pensées, je m'inscris aux travaux d'épluchure de légumes pour demain matin. Puis, je repars vers la salle où Amma donne le *darshan* depuis de longues heures et encore pour un bon moment aujourd'hui. À peine entrée, je ressens de nouveau cette drôle de vibration qui m'a fait vaciller tout à l'heure. Un bénévole s'approche de moi et me dit qu'Amma aimerait que je sois auprès d'elle sur l'estrade. Devant mon étonnement, il m'explique gentiment qu'Amma aime s'entourer de personnes pendant qu'elle donne ses câlins. Pendant trois quarts d'heure, je pourrai donc m'asseoir au milieu d'autres chanceux autour de la divinité vivante pour profiter de l'énergie que diffuse ce moment exceptionnel.

Je suis le disciple, ôte mes chaussures, dispose mes effets personnels dans une petite consigne, passe le portique de sécurité, me laisse soumettre au détecteur de métaux, monte l'escalier qui mène à l'arrière de la scène et me trouve un petit coin pour m'asseoir en tailleur aux pieds d'Amma. Je suis si près que je pourrais la toucher. Je la sens, je l'entends, je la renifle. Les mantras, les gens qui méditent, ceux qui attendent l'un après l'autre de recevoir le *darshan*, les disciples qui l'entourent, récupèrent les cadeaux qui lui sont offerts, lui donnent à boire. Quelle drôle d'ambiance, entre introspection et dévotion, entre communauté et isolement. Nous sommes tous ensemble et, en même temps, livrés à nous-mêmes. Chacun ses démons, chacun son chemin, chacun ses anges, chacun ses espoirs, son travail, son niveau d'extase, son équilibre, son ouverture de cœur. Je me sens toute petite, insignifiante au sein de cette foule de dévots. Je me sens imposteur. J'étais curieuse d'approcher Amma, désireuse de découvrir le secret de son amour, mais à présent, je ne suis qu'une petite chose qui se laisse bercer par un climat délicieux et douloureux à la fois. Je suis aux pieds d'Amma et pourtant elle ne me voit pas. Je n'existe pas, mais je suis là. Je respire son air. Voilà. C'est tout. C'est un tout.

Le soir venu, je vais attendre mon tour pour le *darshan*. Jack m'a expliqué qu'Amma reçoit d'abord les Indiens, puis à partir de 18 h, c'est le tour des Européens. Il m'a inscrite pour la session de ce soir. J'ai le temps. Je ne devrais pas être dans ses bras avant 21 h. Attendre, c'est l'une des activités principales ici. Je vis au ralenti. Je suis là depuis ce matin. Je ne fais rien d'autre qu'attendre. Je ne sais plus quoi, d'ailleurs. J'attends qu'il se passe quelque chose, j'attends qu'il ne se passe rien. J'observe. Je médite. Je regarde le temps qui meurt. Puis, le grand moment arrive. Je passe à nouveau la sécurité. Je monte sur l'estrade et je commence à faire la queue, ce qui signifie s'asseoir sur le premier d'une longue farandole de sièges en plastique, puis avancer de chaise en chaise dès que la plus proche d'Amma se libère pour l'étreinte tant attendue. Je ne saurais décrire ce qui monte en moi au fur et à mesure de ma lente avancée vers Amma. Chaque nouvelle assise me rapproche d'elle, et pourtant, l'attente est délicieuse. La pénombre, les mantras, les visages, les sourires, le mouvement. Je suis dans un état second, emportée dans un tourbillon lumineux, une vibration de grâce, un mélange de fébrilité et de grande solennité.

Me voici arrivée sur le devant de la scène. Les dix dernières chaises sont postées de manière à ce que l'on soit face à l'assemblée et aux musiciens sur l'estrade attenante. Je me sens épiée, personnage de théâtre, sur une scène qui paraît bien plus vertigineuse que quand on la regarde d'en bas. Et ce qui m'avait fait l'impression à mon arrivée ce matin d'un hall de gare un peu sale m'apparaît à présent comme une salle de bal majestueuse. Le hasard, s'il en est un, veut qu'un nouveau groupe de musiciens entame une mélodie très émouvante, en hommage à Amma, à cet instant. Je me laisse bercer, envoûtée, puis tout à coup, le frisson, les premières notes d'« Hallelujah » de Leonard Cohen m'envahissent d'émotion. C'est une de mes chansons préférées. Et voilà que la voix de cristal de la chanteuse m'offre ce morceau à seulement quatre chaises d'Amma. Je me fige. La chanteuse ressemble à Greta. Mais oui, c'est elle, c'est Greta, ma voisine de chambre ! Je frémis de bonheur et de gratitude. Félicité, félicité…

Soudain, les « gardes » d'Amma me prennent par le bras, me pressent de m'agenouiller, me demandent ma nationalité et je me retrouve à genoux devant elle, je pose ma tête sur son épaule, elle me chuchote en français « ma chérie, ma chérie… », je lui glisse à l'oreille « *give me my mantra* », elle me tend un morceau de papier. D'autres mains me tirent vers l'arrière, me guident vers l'escalier. Voilà, c'est fait. J'ai eu mon câlin, mon *darshan*. Je suis sonnée, un peu déçue, je l'avoue. Trop rapide pour que j'arrive à imprimer ce moment en moi. Alors que je tourne en rond, un peu paumée, un disciple m'approche et m'invite à retrouver Amma à la fin du *darshan* pour qu'elle me révèle mon mantra comme je le lui ai demandé. Il me faudra pour cela attendre encore deux ou trois heures. Je regarde ma montre : 22 h 30. Je ne suis pas pressée de retrouver ma chambre humide et un peu crasseuse, alors je décide de marcher sans but dans les ruelles du centre.

Le calme s'installe, la foule est bien moins nombreuse. Les Indiens sont rentrés chez eux. Les familles sont couchées. Quelques illuminés errent. Je croise Greta. Un élan incontrôlable me jette dans ses bras. J'ai besoin de l'étreindre, de la remercier. Nous nous sommes vues deux fois et ces deux fois ont été déterminantes pour moi. Je la vois comme un ange mis sur mon chemin, m'empêchant de fuir ce matin dans notre chambre et me faisant le cadeau de sa voix intense et pure pour cet « Hallelujah » qui résonnera très longtemps en moi.

– Merci, Greta.

– Merci à toi, jolie Française. Comment t'appelles-tu, déjà ?

– Tara.

– Comme Tara verte.

– Il paraît, oui. Mais ma mère m'a donné ce nom car elle a rencontré mon père en jouant aux courses. Ils ont misé tous les deux sur un cheval qui se nommait Tara. Le cheval a perdu, mais eux se sont plu. Ma mère en a conclu que « malheureux au jeu, heureux en amour », mon père serait donc l'homme de sa vie, et que leur première fille se nommerait Tara.

– C'est une jolie histoire.

– Oui, mais mon père n'a jamais été vraiment amoureux de ma mère. Je suis née très vite. Mon père est resté pour moi. Puis, il est parti au bout de trente ans… Mais je ne sais même pas pourquoi je te dis tout ça.

– Parce que ça te libère. C'est l'endroit idéal. Tu sais, Tara est avant tout une magnifique divinité. Surtout chez les Tibétains. Ça signifie « celle qui délivre » ou « étoile ». Avant d'être déesse, elle était femme et elle a fait vœu de suivre le chemin de l'éveil… Bref, il existe vingt et une représentations de Tara, et celle que je préfère, c'est Tara verte, parce qu'elle est connue essentiellement pour sa puissance féminine et son pouvoir d'aider à surmonter les situations les plus difficiles. Elle protège et réconforte. Elle est altruiste, vénérée pour sa compassion infinie. Elle est pacifique, pleine de vie et de jeunesse.

– Waouh… Ça en fait des qualités. Tu me mets la pression, là… Et toi, Greta, quelle est ton histoire ? Pourquoi es-tu ici ?

– Ah, moi… je me reconstruis. J'ai 40 ans et je viens de me séparer de mon conjoint. On habitait Munich et on vivait ensemble depuis six ans. On a essayé d'avoir des enfants, mais en vain. J'ai fait plusieurs FIV qui m'ont laissée sur le carreau. Puis, il y a six mois, il est parti. Je n'ai pas accepté. J'étais anéantie. J'ai tenté de me suicider… par pendaison… Je voulais faire taire ma voix, la seule chose que j'aimais vraiment en moi. Je suis cantatrice. Mais les anges n'ont pas voulu de moi. J'ai a priori encore des choses à apprendre ou à apporter sur Terre. La corde a lâché. Ma voisine du dessous a entendu un énorme bruit quand je suis tombée. Elle s'est précipitée chez moi. Elle a deviné que quelque chose d'anormal se passait parce que je ne répondais pas à ses appels. Quand elle a réussi à entrer avec le concierge, j'étais évanouie. Pompiers, hôpital. Une vertèbre cassée. Le chirurgien a fait des miracles, je n'ai pour souvenir de ce moment de folie qu'un léger boitement. J'ai décidé de guérir. J'ai voulu utiliser ma voix différemment. Je me suis intéressée aux chants célestes et spirituels. J'ai étudié les mantras et je suis arrivée ici il y a trois semaines, pour finir hier par chanter devant Amma. Ça fait des jours et des jours que l'on s'entraîne d'arrache-pied avec le groupe que j'ai intégré. Hier, c'était la consécration. J'ai vécu un moment intense, c'est comme si je m'étais réconciliée avec moi-même. Quand je t'ai aperçue sur scène j'ai eu envie d'interpréter ce titre. Il t'allait bien, à mon goût.

– C'est une de mes mélodies préférées.

– C'est dingue ! Je l'ai senti. Ça m'a rassurée de te voir en face de moi, mon cœur chantait « Hallelujah »…

– Et moi aussi.

– J'en suis heureuse.

Moi aussi, je suis heureuse, tellement heureuse. Greta est arrivée dans ma vie il y a quelques heures et sa présence m'est tellement précieuse. J'ai toujours eu du mal avec les relations amicales entre filles. La preuve, mon meilleur ami est un mec. J'ai des copines, des amies, mais je ne me suis jamais sentie aussi à l'aise avec elles qu'avec Thierry. Et voilà que dans ce pays, si loin de mes habitudes, de ma culture, de mes repères, je rencontre deux femmes qui, en quelques heures, deviennent si proches de moi que j'ai l'impression de les connaître depuis toujours. Une Indienne, une Allemande. Nous parlons des langues différentes, avons des filtres différents, des passés différents, mais nous nous sentons connectées, liées par quelque chose de plus fort que nous. Ça me rend confiante et un peu mélancolique en même temps.

Minuit. Greta m'accompagne dans la grande salle. Nous attendons ensemble la fin du *darshan*. Je suis ivre d'expériences, de présence, de profondeur, ivre d'inconnu, d'incertain, et pourtant en paix. Dans l'attente, encore, mais une attente saine, essentielle, sereine. Une attente en conscience, une attente sans attente, une inspiration, une respiration. Un songe éveillé. Je suis prête, je suis venue pour cela. Soudain, la salle s'agite : le *darshan* est terminé. Des chants s'élèvent, suivis d'incantations et de mantras. Tout s'accélère. On me demande ma divinité préférée. Je réponds Amma spontanément. On me désigne un groupe à suivre. On nous fait monter sur scène, moi et la quinzaine d'autres personnes qui ont demandé leur mantra à Amma dans la journée. Greta m'encourage de loin, elle a pris place sur l'une des centaines de chaises blanches à présent quasiment toutes libres. La pénombre est faiblement illuminée de quelques spots orangés, quelques murmures subsistent dans le silence nocturne, nous sommes quelques âmes encore éveillées autour de celle d'Amma. Je me sens privilégiée, dans son intimité. Quel cadeau, quelle chance ! Greta m'a bien recommandé de retenir phonétiquement les mots qu'Amma me glissera dans l'oreille et de les répéter à voix haute jusqu'à la fin de la cérémonie pour les ancrer, les charger de l'énergie d'Amma, les sentir, les ressentir. Le moment est solennel, on nous traite avec une grande gentillesse. Je me retrouve de nouveau dans les bras d'Amma, qui me chuchote tendrement quelques mots. Je suis tout contre elle, je reçois son souffle, je sens son cœur qui bat. Je suis emportée d'amour. C'est tellement différent du câlin que j'ai reçu quelques heures plus tôt. J'ai envie de pleurer, mais c'est un grand sourire qui inonde mon visage. Je reste sur scène comme tous les autres, je répète en boucle les sons que j'ai entendus de la bouche d'Amma. Je cherche Greta du regard. Elle m'observe, je crois discerner quelques larmes qui coulent sur sa joue. Puis, un cri joyeux et collectif s'élève. Amma quitte les lieux sous les ovations des derniers disciples. Il est une heure du matin.

De retour en bas, on me donne un papier sur lequel sont écrits les quatre mots prononcés par Amma. Je suis en paix. Une jolie Française, disciple d'Amma, vêtue de blanc, propose de me donner les instructions d'Amma en ce qui concerne le mantra que j'ai reçu. La leçon dure une heure. Je ne suis pas fatiguée, plutôt énergisée par cet étrange moment, emplie d'amour et de reconnaissance. Je retrouve Greta dans notre chambre en chantonnant mon mantra, m'allonge tout habillée sur mon matelas poussiéreux et me berce moi-même en continuant à réciter mentalement ma phrase magique, jusqu'à ce qu'un sommeil profond m'emmène dans de jolis rêves.

Coup de fouet

Cinq heures du matin. Des chants méditatifs s'élèvent depuis le temple de Kali érigé au centre de l'ashram ; Greta est déjà partie, elle y est certainement. Je sors sur la terrasse, je suis aspirée par la vie qui règne en bas. Les prières, la musique, les chants d'oiseaux, le soleil levant, les silhouettes claires et fluides qui se pressent d'un pas souple vers leurs activités. Je médite en reprenant mon mantra. Une rapide toilette et je me rends à la cantine pour mon *seva*. Trois heures d'épluchage d'oignons. Trois heures où je pleure, les yeux piqués par l'acide du bulbe, le cœur nettoyé par tant de remue-ménage intérieur. Je vais ensuite saluer Jack. J'aime sa présence. Il est toujours souriant, donne confiance, comme un grand frère. Il me propose d'aller prendre le petit déjeuner avec lui. Nous croisons Greta qui rentre de son cours de yoga et nous rejoint. Ils semblent s'apprécier. Comme je me sens bien.

Nous sommes lundi, Amma se repose. En attendant la méditation qu'elle guidera sur la plage à 17 h, Greta m'invite à la suivre dans ses activités. Je suis heureuse de ne pas être seule et de partager de nouvelles expériences avec elle. J'assiste ainsi à un *puja*, un rituel védique traditionnel, pendant lequel nous créons des pensées et vibrations positives afin de les offrir au monde. Je me prête au jeu. Je ne cherche plus à savoir si je crois ou non à tout cela. Je ne cherche pas à comprendre, ni à expliquer, je ne veux surtout pas douter, remettre en cause quoi que ce soit. Je sens au plus profond de moi que ce ne sont pas les affaires de mon cerveau, que rien ne s'explique, que tout se vit. Je sens que nos voix sont vibrations, que les vibrations sont énergie, que l'énergie est une puissance intarissable. Je sens que pleurer, sourire, parler, chanter change l'énergie. Je sens que nos pensées ont un pouvoir, que nos mots peuvent construire comme ils peuvent détruire, enfermer comme délivrer, tuer comme ressusciter…

Alors, je lâche le mental. Je le laisse de côté. J'écoute mon cœur, j'observe mon corps. Ça tombe bien : depuis le coup du 7 mai, je ne sais plus faire que ça. Mais jusqu'à maintenant, c'était malgré moi, dans l'inconfort, le chaos, la maladresse. Cette fois, je laisse mes émotions et sensations me guider en toute conscience. Je leur accorde tout ce que je leur ai refusé jusqu'alors. Je leur rends leur liberté. Elles respirent et j'en suis heureuse.

C'est dans cet état d'âme que je répète mélodieusement les mantras que fredonne le groupe de chant où Greta m'a traînée. Il est vrai que pousser la chansonnette n'est pas une sinécure pour moi. Je m'égosille sous la douche ou en voiture, mais de là à me joindre à une chorale… Non, décidément, je ne tiens pas à me ridiculiser. Et pourtant j'y suis. Et puisque j'y suis, autant y aller :

– *Lokah samastah sukhino bhavantu, lokah samastah sukhino bhavantu*[1].

– *Om shanti shanti shanti*[2].

– *Om mani padme hum, om mani padme hum, om mani padme hum*[3].

1. Mantra qui signifie : « Que tous les êtres soient en paix et heureux », utilisé pour les prières de compassion.
2. « *Om* » est le son originel et divin, à l'origine de toute création, et « *shanti* » symbolise la paix et le calme.
3. Ce mantra de compassion signifie : « Le joyau dans le lotus. » Le joyau symbolise ce qui accomplit les souhaits, et le lotus représente la méditation.

– *Om gam Ganapataye namaha, om gam Ganapataye namaha, om gam Ganapataye namaha*[4]…

Je récite ces sons sans les comprendre. Je les chantonne, les susurre discrètement, puis je me laisse peu à peu entraîner par les autres, je surpasse ma honte, j'offre ma voix, je la libère, je l'envoie dans les airs, je la laisse tournoyer, virevolter avec les personnes assises à mes côtés. Nous unissons nos voix, nos énergies, nous sommes un chœur, un cœur. Une larme coule de mon œil. Je me sens une, je me sais une, je me sens appartenir au monde, une joie pure et profonde monte en moi. La colère est partie. Je le sais, c'est fini.

Un autre mantra.

– *Om tare tuttare ture soha.*

J'ouvre un œil, Greta me sourit. C'est celui de Tara verte. Je porte son nom, mes parents m'ont offert son prénom. J'en suis émue, honorée. J'en suis fière et je m'en sens responsable. Je serai altruiste, protectrice, compatissante et puissamment féminine. Je m'en fais la promesse et ancre cet engagement en beuglant à tue-tête ces cinq mots magiques.

En sortant, je suis toute guillerette, ces deux heures de chant de mantras m'ont un peu shootée. Mais je ne ressens que les bienfaits de l'enivrement. C'est mieux que l'alcool ou la fumette, je baigne dans l'enthousiasme, la plénitude. Je vole et je m'enfonce dans la terre en même temps. J'aime les gens, j'aime le monde, je m'aime. Je m'aime… C'est difficile à dire : je m'aime. C'est bon à dire. Ça sonne encore un peu faux, c'est encore naissant, fragile, comme un oisillon qui sort de l'œuf. Mais c'est là. C'est en moi. C'est rempli d'amour. Je le partage à Greta.

---

4. Mantra qui signifie : « Je salue le seigneur Ganesh. » Ganesh, le dieu-éléphant hindou, est celui à qui on fait appel pour faire tomber un obstacle et mener à bien une entreprise.

– Greta, j'ai de l'amour qui coule de partout.

J'ai à peine fini ma phrase que je pars dans un fou rire incontrôlable. Je me bidonne, pliée en deux. C'est contagieux, Greta se tord de rire aussi, c'est délicieux et douloureux. Nous voilà parties toutes les deux, les mains tenant notre ventre envahi de spasmes, dans des quintes de rires qui nous forcent à reprendre notre souffle bruyamment tant bien que mal, les yeux qui coulent, morveuses, incapables de nous redresser.

– J'ai envie de faire pipi, lâche Greta dans une nouvelle crise de rires.

Et je repars de plus belle dans mes hennissements de bête sauvage.

– Arrête, tais-toi, essaie-t-elle d'articuler, je vais pas pouvoir me retenir… C'est horrible…

– J'en peux plus. J'en peux plus. C'est pas facile l'amour de soi… Si j'avais su ! Ça fait mal, on est toutes rouges !

– Ça fait pisser dans sa culotte aussi…

– Nooooon ?

– Si…

Et nous repartons toutes les deux dans un hurlement de hyènes. Évidemment, nous ne voyons pas les gens qui nous croisent, interpellés, amusés, outrés pour certains, curieux pour d'autres. Nous ne voyons pas non plus ce jeune homme qui attend patiemment que nous soyons remises de nos émotions pour nous approcher.

– Tu es Tara ? finit-il par me demander, profitant d'un moment de répit.

Son intervention me calme instantanément. Je reviens sur terre, ici et maintenant. Oui, je suis Tara, je suis à Amritapuri, avec Greta, en Inde, je suis en sueur, cramoisie, le nez qui coule, les yeux gonflés. Je suis misérable…

– Hum, hum, oui, tout à fait, balbutié-je en tentant de me redonner un semblant de contenance. On se connaît ?

– Non, je m'appelle Adji, j'adore ce que tu as fait.

– C'est-à-dire ? demandé-je, perplexe.

Tromper mon mari avec mon ex-mari devant mon fils ? Tout quitter pour venir réciter des mots indiens dans un temple de gourou ? « J'ai fait quoi, encore ? » m'interrogé-je confusément.

– Nettoyer, me répond-il. J'étais là hier quand les Indiens t'ont reconnue sur leur journal. Je suis responsable d'une ONG et ton histoire a piqué ma curiosité. J'aimerais t'offrir un thé, si tu veux bien me raconter comment tu as fini dans cet article.

– Tu es la reine des surprises, toi, me lance Greta.

– Désolée, j'ai zappé cet épisode quand je t'ai raconté ma vie…

– Alors je vous offre une boisson à toutes les deux et tu nous racontes ?

– Oh, oui, raconte, Tara. Je veux écouter ça ! s'enthousiasme Greta.

Voilà comment un mauvais coup reçu un 7 mai en France me porte quatre mois plus tard à expliquer à deux inconnus, dans un ashram, comment mes sens en ébullition, mon manque de contrôle, ma peine et ma colère m'ont conduite à collecter les ordures d'une ville inconnue en Inde. Greta me dévore du regard. Elle n'en revient pas.

– Eh ben, pour le coup, tu portes bien ton prénom ! s'exclame-t-elle.

Adji reste sérieux. Mais son regard est doux, compatissant. Il me remercie de m'être confiée. Il se dit chanceux d'avoir pu entendre mon témoignage.

– Ton aventure intérieure comme extérieure est magnifique. Je te souhaite d'en extraire le meilleur. Je te souhaite d'en profiter, comme un cadeau, un trésor.

Je le remercie à mon tour chaleureusement pour ces belles paroles, puis il prend congé. Je reste un moment à essayer de comprendre en quoi tout cela est merveilleux et quel joyau je pourrais en tirer. Mais l'heure est à la méditation en présence d'Amma. Greta et moi passons chercher Jack dans sa guérite remplie de linge propre, puis nous allons nous installer parmi la foule nombreuse sur la plage.

Coup de mou

Cette heure d'introspection que j'attendais pourtant avec frénésie a été très compliquée pour moi. Mon mental était trop vif. J'avais réussi à le dompter toute la journée, aussi a-t-il profité de l'immobilisme qu'imposait l'exercice pour regagner du territoire. Mes pensées partaient dans tous les sens. Des suppositions, des questionnements, des doutes, des jugements, des angoisses, des plans stratégiques diaboliques se présentaient à mon cerveau, me rappelant le passé, me bousculant vers le futur.

Et qui c'est, ce Adji ? Et pourquoi il voulait me parler ? Qu'est-ce qu'il y a de si merveilleux dans tout ça ? Pourquoi il se dit chanceux ? Encore un dérangé… Et je ne suis pas la seule à faire des bonnes actions… Et ce n'était même pas par compassion, c'était par rage. J'étais énervée et fallait que je fasse place nette. Et énervée pourquoi ? Parce que je fais des conneries. Et qu'est-ce qui va se passer après ? Et je rentre quand ? Et pour quoi faire ? Et pour aller où ? Et l'autre qui me traite comme une sainte parce que j'ai ramassé trois déchets sur la route !

Je quitte la plage déçue de moi. La Tara magnifique, joyeuse, altruiste, courageuse que j'ai côtoyée cet après-midi a été remplacée par une femme quelconque, dégonflée, pas terrible. J'attends que commencent les *bhajans* avec Amma dans ce fameux auditorium, qui de nouveau me semble froid et peu accueillant. Je suis tellement empêtrée dans mes pensées bougonnes que je n'entends même pas que les chants ont commencé. Jack me donne un coup de coude pour me sortir de mes sombres songes. Je m'ébroue et me plonge laborieusement dans les chansons de dévotion, pour ne pas faire tache au milieu d'une centaine de gens bien qui s'y donnent à cœur joie, imprégnés d'amour et de sagesse alors que moi, je suis vide et desséchée comme un vieux pruneau. Cependant, la mayonnaise a l'air de prendre de nouveau. C'est dingue, ces mélodies indiennes, ça me fait un effet incroyable. Me concentrer sur des syllabes qui n'ont aucun sens pour moi me fait planer. Et même si ces *bhajans* me paraissent un peu plus niais que les mantras, type Bollywood spirituel, ils arrivent tranquillement à apaiser mon mental. Je me sens de mieux en mieux.

Coup de tête

– Je crois que je peux rentrer chez moi, Tara.

La voix de soprano de Greta me sort soudainement d'un sommeil agité.

– Pardon ? articulé-je en ouvrant un œil pour vérifier que je ne rêve pas.

Le ciel est encore sombre, aucun chant de dévot ne résonne depuis le temple, mais ma grande colocataire blonde est bien réveillée, assise en tailleur sur le sol de notre cellule.

– Je pars. Je rentre.

– Hein ? Comme ça, sur un coup de tête, à… à quelle heure ? Quelle heure il est, d'abord ?

– Quatre heures du matin, me répond-elle machinalement avant de reprendre son argumentaire nocturne. Et ce n'est pas un coup de tête, au contraire, c'est tout réfléchi. Je suis prête. Je n'ai plus rien à faire ici, je le sens. Je suis prête à retourner dans mon monde. Je suis prête à recommencer à chanter. Je suis prête à avancer dans la vie. J'ai fini mon deuil. Je me sais suffisamment solide à présent. Et j'ai des envies, des projets. Je voudrais donner des cours de chants méditatifs, des chants du monde qui viennent de l'intérieur, qui donnent de la lumière. Pas uniquement des mélodies esthétiques, non, des rythmes, des sons, des messages. Je vais appliquer ce que j'ai travaillé ici. La profondeur, le moment présent, l'amour. Je voudrais aussi aider les ados en souffrance, et les gens qui ont attenté à leur vie.

– C'est fabuleux ! m'écrié-je en me redressant dans ce que j'ai du mal à nommer un lit. Mais tu ne pouvais pas attendre l'heure officielle du réveil, qui est déjà bien tôt à mon goût, pour me l'annoncer ?

De toute façon, l'inconfort du tapis de simili cuir sur lequel mes lombaires s'écrasent lamentablement depuis trois nuits n'invite pas vraiment à la grasse matinée. Alors je décide courageusement et généreusement de sacrifier ma dernière heure de sommeil imparfait pour écouter mon amie.

– Je n'ai pas dormi de la nuit. Et comme je te voyais bouger, j'ai pensé que tu étais réveillée. De toute façon, je crois que si tu n'avais pas réagi, j'aurais quand même continué à parler à ton corps endormi.

– T'es vraiment barrée ! lui dis-je en souriant.

– Qui se ressemble s'assemble, me rétorque-t-elle avec un ton de petite fille. Bref, je voulais te dire que je vais partir aujourd'hui.

– Aujourd'hui ! Là, comme ça ! Ben non, je veux pas, moi ! Je veux pas rester ici sans toi ! Je veux pas de nouvelle coloc !

– Je suis flattée de ta réaction. Moi non plus, je n'ai pas envie de te quitter, mais soyons réalistes. Nous devrons bien retourner faire face à nos démons. Moi vers mon célibat, mes concerts, la formation de chant que je veux monter. Et toi… Jean, Oscar, Guillaume… tes filles… et tout le reste… tes parents… N'aurais-tu pas quelques trucs à régler ?

– Mais moi, je ne suis pas prête, j'ai encore peur. Je n'ai pas encore trouvé. J'attends encore le bon signe, me défends-je, paniquée.

– Arrête, Tara, tu as ta réponse depuis le 7 mai. Tu veux quoi de plus comme signe ? Un mur, c'est pas suffisant ? Ce coup t'a offert tout ce que nous perdons en grandissant. Le moment présent, le ressenti intense, la curiosité, la découverte, les émotions pures. En s'explosant contre ce mur béni, ton cerveau a redémarré. Et la vie t'a fait le cadeau de pouvoir vivre chaque moment comme la première fois. Moi aussi, j'en veux, des premières fois tout le temps, et je sais que c'est possible en te regardant. Alors, je vais y travailler, en chantant, en laissant remonter ma voix intérieure, en transmettant aux autres ce pouvoir que j'ai. Et toi, tu as un autre pouvoir à transmettre, le pouvoir de vivre le moment présent. Le pouvoir de faire taire le mental pour écouter tes autres centres d'intelligence. Pourquoi continuer à chercher le pourquoi ? Ne laisse pas ton ego reprendre le dessus. Ne retombe pas dans le piège. Vis et accepte que ce monde soit absurde. Il n'y a rien à comprendre, tout à expérimenter. J'ai lu un livre qui s'appelle *La Logothérapie*. L'auteur, Viktor Frankl, est un psychiatre qui a survécu aux camps de concentration. Il développe toute une philosophie qui aide à donner un sens à notre vie. Si j'ai retenu une chose dans ce qu'il dit, c'est que, tant qu'on se demande ce que la vie nous réserve, notre quête sera vaine. Mais quand on commence à se demander ce qu'on peut apporter à la vie, comment y contribuer, on a la clef. Ce qui compte, ce n'est pas ce qu'on attend du monde, mais ce qu'on peut et veut lui offrir. Ainsi, on trouve le sens de notre existence. Moi, je veux offrir ma voix, mon amour des autres, ma faculté d'exprimer vocalement ce qui habite mes entrailles. Et toi, que veux-tu offrir à la vie ?

– Je ne sais pas…

– Mais si, tu sais ! Tes sens le savent, ton cœur le sait, ta tête le sait, mais elle bloque, parce qu'elle a encore peur.

– Non, vraiment, je ne sais pas…

– Et si tu savais, insiste-t-elle en haussant la voix, ce qui me fait légèrement sursauter.

– Si je le savais, je ne serais pas ici ! hurlé-je sans le vouloir.

– Et si tu savais, reprend-elle, impassible, ce serait quoi, ce que tu as à offrir ?

– …

– Ce serait quoi ? Dis-le ! Tu le sais !

– Mon amour inconditionnel, le goût de la vie, la confiance en l'autre, en moi, en l'existence, le fait de profiter de ce qui est, d'écouter mon instinct, d'être généreuse et d'apprendre aux autres à développer tout ça !

C'est sorti, c'est sorti tout seul. Ça venait de loin. Ma voix était même différente, plus grave, presque caverneuse. J'en reste figée de surprise. Greta sourit.

– Je suis très fière de toi, ma belle amie !

Je me mets à pleurer comme une enfant, avec des petits hoquets aigus. Greta se jette sur moi et me serre dans ses bras robustes. Elle me dit des mots en allemand que je ne comprends pas, mais à son intonation, je les sais doux, rassurants, bienveillants. Nous restons de longues minutes dans ce câlin réparateur. Puis, je sèche mes larmes, soupire intensément, me lève et prononce doucement mais fermement :

– Je pars aussi. C'est le moment.

– Sûre de toi ?

– Certaine !

– Alors, allons régler tout cela !

Coup de théâtre

J'ai réservé un avion pour ce soir. Je décolle cette nuit à 4 h 30 du matin. Je quitte l'ashram dans l'après-midi ; nous partagerons le taxi avec Greta. Nous serons sur le même vol jusqu'à Dubaï, puis elle prendra une correspondance vers Munich et moi vers Paris… Nous avons eu de la chance : des places étaient encore disponibles sur nos deux vols, ce qui n'est pas très fréquent. Les planètes s'alignent, comme le dit Greta.

Je suis heureuse de ma décision. J'ai beaucoup appris ici. J'ai expérimenté tant de choses. J'ai rencontré de belles personnes, des gens que je n'aurais jamais osé aborder et côtoyer dans mon univers quotidien. Mais je suis contente de laisser ce qui est pesant ici. Beaucoup de gens qui posent leur valise à Amritapuri sont en souffrance et pleins d'attentes, d'illusions, de fausses idées. Mon nouvel état me donne à ressentir très fortement les énergies qui se dégagent autour de moi. Encore quelque chose de nouveau : je suis capable de déceler les énergies venant des autres ou du lieu où je me trouve. Chez Abhaya, malgré la misère, la vétusté de son logement, l'insécurité apparente de son quartier, je sentais de bonnes énergies. Je me savais en sécurité, entourée de personnes de confiance, saines et belles malgré nos mondes différents. Quand le groupe d'hommes, soi-disant représentants de la ville, s'est approché de moi, j'ai senti du danger, de la résistance et je savais que je devais rester vigilante. Chez Amma, il y a tant d'énergies ambivalentes ;

amour, peur, illusion, désillusion, souffrance, espoir, déception, non-dits… Ça me rend comme ivre. Vivre ici est à la fois profond et inconfortable. J'ai besoin de retrouver les miens, j'ai besoin de ressentir mon énergie à moi, celle de mon environnement. Je n'ai plus peur de mon nouvel état. Je sais ce que j'ai à en apprendre. Je sais que je peux m'écouter et ne pas me laisser emporter. Je peux contrôler ces sensations pour qu'elles ne me dépassent pas, tout en les laissant suffisamment émerger pour qu'elles me guident. Je sais également que j'ai des pardons à demander. Que je ne les aurai peut-être pas. Mais je saurai être patiente. Car j'ai fait le plus dur : me pardonner à moi…

Mais pour l'heure, ce qui me préoccupe, c'est d'aller trouver Jack pour lui faire mes adieux. Je suis un peu penaude. J'ai l'impression de l'abandonner. Je sais que ça ne fait que quelques jours que je suis là et que, pour toute personne sensée, on ne construit pas grand-chose de solide en si peu de temps, encore moins une amitié. Pourtant, je ne saurais dire si c'est l'Inde, la misère, les souffrances des gens qui se croisent, la spiritualité qui règne à chaque carrefour, mais ici, tout est décuplé, et chaque pas est un saut dans le vide, chaque geste est un tsunami, chaque apprentissage est un gratte-ciel érigé, chaque douleur est un abîme, chaque rencontre fructueuse est une amitié sincère. Le temps n'a pas d'emprise sur l'intensité des liens, sur la force des expériences. Ici, paradoxalement, le temps s'arrête et tout s'accélère. J'aperçois mon cher Jack assis par terre à quelques mètres de son office, recroquevillé sur lui-même, la tête entre les mains. Pleure-t-il ? Réfléchit-il ? Mon intuition me dit qu'il a reçu un coup au cœur, une nouvelle qui l'a sonné. Je m'approche, il lève les yeux vers moi et éclate en sanglots. Je m'agenouille et l'entoure de mes bras.

– *I'm leaving.*

– *What ?*

– Je pars ce soir, Tara. Je viens d'avoir un appel de mon fils. Sa mère est décédée hier. Il a besoin de moi.

Je reste sans voix. Jack, la première femme de sa vie, son fils orphelin… Il part, lui aussi, ce soir.

– Où vas-tu ? Où est ton fils ?

– En France, à Biarritz. Je prends le vol Emirates de 4 h 30.

Je me fige et m'exclame, presque en riant malgré la situation tragique :

– Eh bien, nous voyagerons ensemble !

Coup-rage

Nous roulons dans la nuit vers notre destin, nos retrouvailles, nos souffrances, nos conflits, nos pardons et nos peurs. Je suis au volant depuis des heures maintenant. Jack s'est endormi à mes côtés. Nous avons quitté Roissy à peine atterris et avons loué une voiture pour descendre le plus vite possible vers ceux que nous aimons. Jack pour soutenir son fils, enterrer son ex-femme et faire face à ses vieux souvenirs de surfeur intrépide. Moi, pour serrer mes deux filles contre moi et, je le souhaite profondément, je le prie, je supplie tous les dieux de la terre, pour que Jean m'ouvre ses bras, son cœur et sa peine. Pour que Jean me pardonne et me redonne une chance. J'ai peur. Il n'est pas au courant que j'arrive. Il se trouve actuellement à Biscarrosse avec Ambre et Ève. Je l'imagine, qui fait semblant de rien, joueur, blagueur, sportif, qui propose des tonnes d'activités à ses princesses : surf, vélo, virée au lac, pizzas, glaces, achat d'une nouvelle combi, de la voile peut-être… Oui, c'est certain, Ève adore ça. Je la vois, debout sur le pont à nouer, dénouer toutes ces cordes dont elle connaît les noms par cœur, tandis qu'Ambre sourit, assise où elle ne gêne pas trop, agrippée à ce qu'elle peut, un peu gauche, cherchant à cacher sa peur pour ne surtout pas décevoir son papa. Peut-être se demande-t-elle pourquoi je ne suis pas là. Toutes les deux, nous évitons les bateaux. Nous préférons la plage, le sable, construire des châteaux, lire ensemble des livres, flâner. Ève n'est évidemment pas dupe. Elle doit bien sentir que son père joue un jeu. Qu'il ne leur dit pas comme il souffre, comme il m'en veut, comme j'ai tout gâché en le trompant avec le père de leur frère. Elle ne sait pas, mais elle doit bien sentir que son père est en colère, qu'il est malheureux et que notre famille est en danger. Lui a-t-elle posé des questions ? L'observe-t-elle du coin de l'œil, est-elle à l'affût de ses réactions, louche-t-elle sur son téléphone, en quête d'un SMS, d'un indice qui lui en dirait plus ? Ou bien Oscar lui aura parlé, il lui aura dit comme il me hait, comme je l'ai déçu... Je me fais du mal, je sais, mais les minutes avancent, les kilomètres passent, et me voilà dans une situation grotesque où j'ai autant envie d'avancer que de faire demi-tour. La nuit est claire, j'essaie de me concentrer sur les pointillés des marquages phosphorescents sur l'asphalte. J'essaie de méditer, de respirer dans mes chakras, comme j'ai appris en Inde. J'essaie de rester calme, de vivre le moment présent. Mais c'est mission impossible. Mon esprit s'emballe, mon cœur me chahute. Je revois Abhaya. Son magnifique sourire, malgré une dent argentée. Je l'interroge. Je l'implore de me guider. Elle saurait, elle, elle ne s'encombre pas de doutes et de culpabilité. Elle écoute et suit son instinct.

– Abhaya, Abhaya... Dois-je vraiment y aller ? Là ? Tout de suite ? Ne devrais-je pas prévenir avant ? Lui écrire ? Ne rien faire ? Retourner chez nous à Lille et attendre qu'il rentre ? Accepter qu'il parte. Le laisser me quitter... Abhaya... Je suis perdue. Je ne veux pas le perdre ! Je ne veux pas !

– Eh bien, dis-lui...

– Ce n'est pas si simple.

– Alors, qu'y a-t-il de plus simple ?

– Je ne sais pas... fuir...

– Est-ce vraiment ce que tu veux ?

– Non.

– *Alors, courage. Vas-y. Sois courageuse, Tara.*

Son image s'évapore doucement, pour ne laisser apparaître que ses doux yeux, enveloppants, pleins d'amour et de bienveillance à mon égard. Elle sait ce que j'ai fait et elle ne me juge pas. Je dois l'écouter et avoir le courage d'exprimer à Jean combien je l'aime et combien je m'en veux de l'avoir fait souffrir.

– Tu parles toute seule ?

– Non, à Abhaya…

Ce qui est génial quand on se fait des amis chez Amma, c'est qu'ils ne nous traitent pas de dingue quand on leur dit qu'on discute avec un fantôme ou que l'on a une conversation télépathique avec une femme qui se trouve à l'autre bout de la Terre.

– O.K., et que vous dites-vous ?

– Que je dois être courageuse et aller trouver Jean.

– Tu es prête ?

– Non… Mais je ne le serai jamais. J'ai tellement peur qu'il me repousse.

– Et si c'est le cas ?

– C'est dur… murmuré-je, au bord de l'apoplexie pulmonaire.

– Je sais…

– Si c'était le cas, annoncé-je en reprenant mon souffle, je serais patiente, je l'aimerais tout autant. Et je respecterais le temps qu'il lui faut pour digérer.

– C'est ce que je voulais entendre. Bravo, chère Tara. Ça va bien se passer. J'ai confiance, ajoute-t-il avec une petite caresse sur ma joue.

– Merci. J'aimerais être aussi confiante que toi. Et toi, comment tu te sens ?

– Bousculé. Heureux de voir mon fils. Touché qu'il m'ait appelé, qu'il ait réclamé ma présence. Et si triste pour sa mère. Elle était mon premier amour. J'ai parcouru le monde pour elle. J'ai tant souffert quand elle m'a quitté. Une partie de moi l'aimait encore. Je suis en deuil, moi aussi. Et puis, il y a cette vieille rengaine qui me reprend. Enfin, qui essaie de me reprendre. Cette rage contre les dieux qui tuent ou blessent ceux que j'aime. Mais ça va, cette fois. Je n'ai plus autant la haine qu'avant. Je ne suis plus un homme en colère. Et ça, c'est délicieux.

Coup de Trafalgar

Sept heures trente. Jambes en coton, visage tiré, poitrine comprimée, ventre noué, un sac en papier rempli de viennoiseries dans une main, ma valise dans l'autre, j'observe la porte de la maison que nous louons dès que nous venons passer des vacances à Biscarrosse. J'attends fébrilement d'entendre du mouvement à l'intérieur pour frapper à la porte. Tout doucement. Surprise.

Jack vient de me déposer. Il est parti prendre un petit déjeuner dans un bar et ne repartira que s'il a l'assurance que mon mari m'a bien ouvert la porte et que je ne suis pas à la rue. Auquel cas, il viendrait me récupérer et m'emmènerait avec lui à Biarritz. Je n'ai pas dormi. Impossible de me détendre, même quand c'était Jack au volant. J'ai une tête de déterrée, je dois faire pitié. J'ai pourtant essayé de me faire une beauté ; maquillage, mini-toilette, changement de vêtements, planquée derrière la voiture garée depuis des plombes sur un parking sous les pins, en attendant une heure décente pour venir faire le pied de grue devant la villa. C'est une jolie petite maison des Landes, remise au goût du jour par ses propriétaires qui l'ont peinte de couleurs maritimes, blanc, bleu ciel, vert amande… Une maison de poupée, faite pour les familles heureuses, les couples parfaits, les enfants équilibrés. Qu'est-ce que je fais là, me rongeant les ongles à l'affût du moindre bruit, alors qu'ils dorment tous, dans leurs lits douillets, avant, le croient-ils, d'entamer une belle journée de surf, de plage, de barbecue et de glace à la pistache ? Quelle tronche vont-ils faire en me voyant débarquer, bousculant leurs petits rituels de bonheur, bien rodés, sans moi ? Sans moi…

– Qu'est-ce que tu fais là ?

Je sursaute. Je me retourne. Jean me dévisage, abasourdi, les bras envahis de baguettes fraîches. Nous sommes face à face, à deux mètres l'un de l'autre, dans une odeur de boulangerie, immobiles, à nous regarder, le souffle coupé, incrédules. Moi qui pensais le surprendre…

Je cherche sur son visage un signe, une réaction, une expression, mais rien. Il reste impassible, comme pétrifié. Qu'il est beau, la peau tannée par l'océan et le soleil, T-shirt kaki sur jean délavé, la barbe de trois jours, les yeux bleu acier qui me scrutent… des yeux inquiets, intrigués, inquisiteurs ? Je ne sais dire… Quant à moi, c'est un tourbillon d'émotions qui me submerge. Ma poitrine s'emballe, je tremble de partout. Je revis toutes les sensations qui m'avaient sonnée lors de notre première rencontre. Sa présence me rend folle, animale. Je le désire, j'oublie tout le reste, je ne veux que lui. Je suis en ébullition, charmée par son charisme, sa masculinité, son énergie. Je suis à fleur de peau, attirée par son odeur, son port de tête, sa voix. Je voudrais me jeter dans ses bras, mais je me retiens, assaillie par d'autres sentiments, la peur, la culpabilité, la tristesse. Je ne veux pas le faire fuir, je ne veux pas qu'il me repousse. Ces secondes figées sont à la fois un supplice et un délice. C'est une parenthèse dans le temps, le calme avant la tempête. Je profite de lui, je l'aime, je l'adore. Je me fais violence pour ne pas lui crier mon amour. Faites qu'il reste avec moi, qu'il ne me repousse pas. Ça devient insupportable. Le silence finit par me torturer. Un baiser, un geste, un soupir, qu'il réagisse, qu'on en finisse !

Elle est là, face à lui, c'est bien elle. Il l'a tant détestée, il l'a tant désirée, attendue, haïe. Il avait décidé qu'il ne pourrait pas lui pardonner, qu'il ne supporterait pas de vivre avec cette tromperie entre eux. Elle avait tout cassé. Trahi sa confiance. Et sa confiance, il ne la donnait qu'une fois. Il était comme ça. Bête traquée, blessée par celle qu'il aimait, celle en qui il croyait. Celle qui ne lui ferait jamais de mal, pensait-il, naïf. Même Tara en est capable. Avec son ex, le père d'Oscar ! Double coup de couteau dans le dos. La colère remonte alors qu'elle le fixe de ses yeux de biche, tremblante, vulnérable, belle à en crever avec son petit minois implorant. Elle a l'air déchiré, exténué ; elle n'en est que plus désirable. Il l'aime toujours, mais un goût de sang dans la bouche lui rappelle qu'elle lui a fait trop mal. Il se mord l'intérieur des joues, ses muscles sont contractés, sa nuque le fait souffrir. Il reste muet, sidéré, déchiré entre une envie terrible de l'attirer à lui pour respirer ses cheveux, croquer son épaule, toucher sa peau, la serrer fort, très fort, trop fort, et un besoin de fuir, de lâcher ses baguettes encore chaudes et de détaler en courant, loin, très loin de cette scène qui ne pourra que bouleverser la suite de leur vie. Elle ne bouge pas. Pourquoi est-elle venue ? Que va-t-elle dire ? Elle n'aurait pas dû venir. Elle n'aurait pas dû ! Il n'est pas prêt. Il veut plus de temps, remettre de l'ordre dans ses idées. Il avait décidé. C'était fini. Terminé. Mais elle est là, et tout au fond de lui, il l'aime, il l'aime, merde ! Mais il a mal… Trop mal !

– Jean…

– Pourquoi t'es là ?

– Pardon, Jean…

J'esquisse un pas vers lui. Il recule.

– Non… C'est trop facile. Tu peux pas débarquer comme ça et me demander pardon, sans prévenir, sans… Tu m'as trompé ! Avec Guillaume ! J'étais là ! Oscar était là ! Les filles étaient là ! Tu te rends compte ? Puis t'es partie, Dieu seul savait où t'étais, ce que tu faisais et quand tu rentrerais. Et tu te pointes, la gueule enfarinée, à me demander pardon ! J'ai eu mal, t'entends ? Tellement mal ! J'ai encore mal… hurle-t-il.

– Je sais. Je peux pas effacer ce que j'ai fait. Je peux pas, mais je voudrais tant… C'était pas moi. J'étais folle… Je m'en veux tellement. Jean… Je ne peux pas vivre sans toi…

– Mais si, tu peux… T'auras qu'à te consoler dans le lit de l'autre… répond-il froidement.

– Je me déteste.

– On est deux.

– J'aurais préféré que Marine Le Pen soit élue…

– Je ne comprends pas…

– Je n'aurais pas pris ce coup.

– Arrête avec ça ! C'est pas une bosse à la tête qui t'a fait coucher avec lui ! Arrête de te cacher derrière ces histoires de sensations trop fortes, de corps qui vit tout à mille pour cent, de pulsions incontrôlables ! T'es pas une bête, tu sais plus te maîtriser ? Arrête ! T'es dingue ! Complètement dingue ! Si c'est ça, faut te faire soigner !

– C'est ce que je suis allée faire en Inde, justement ! Je suis allée me guérir. Je n'étais plus que rage et dégoût de moi. Je me répugnais tellement que je suis descendue du bus et que j'ai ramassé des ordures pendant trois jours sans m'arrêter. Il fallait que je nettoie les trottoirs pour m'aider à laver la merde que j'avais en moi. Et j'ai rencontré une femme, une intouchable, qui vivait dans un bidonville, elle m'a hébergée, elle ne m'a pas jugée, elle m'a accueillie comme j'étais. Puis, je suis allée chez Amma, j'ai prié, prié, prié à ne plus savoir quel jour on était. J'ai demandé pardon, à toi, à Oscar, à Dieu même, à qui voudrait bien absoudre ce que j'ai fait. Et j'ai fini par réussir à me regarder dans la glace sans me haïr. J'ai compris que je ne pourrais pas changer le passé, que je devais assumer mes erreurs et faire face à ceux que j'avais blessés. Et tu es le premier. Je t'avais tout le temps dans la tête. Tu es le seul homme que j'aime. Tu es mon navire, mon pilier, mon amant, ma ressource, celui qui m'aide à oser, à être, qui me rend lionne, passionnée, vivante. Je ne suis plus la Tara d'avant, je sais. Tu ne me verras plus jamais de la même façon. Mais tu peux m'aimer autrement. Je sais que ça prendra du temps, je serai patiente. Je sais que j'ai tout abîmé. Que notre couple ne s'en remettra peut-être pas. Je sais tout ça. Mais je devais venir te voir et te dire en face que je suis désolée. Cette connerie inexcusable est une épreuve pour nous. Mais j'ai espoir. On va la surmonter, je ne vis que pour ça. Voilà, c'est tout ce que j'avais à dire. Je t'aime. J'ai confiance. Je crois en nous.

– Je ne sais plus… J'avais décidé, Tara, c'était mort. Affaire classée. Je ne pouvais plus t'aimer… chuchote-t-il.

– Et maintenant, Jean ? Maintenant que je suis là… Qu'est-ce que tu ressens ?

– … Tara… J'ai envie de t'embrasser…

Mon cœur s'arrête. J'avance vers lui.

– … Et de te secouer en même temps ! aboie-t-il en se dégageant. J'y arrive pas. Je peux pas oublier ! J'ai votre image dans la tête tout le temps ! Ça me débecte ! Ça me rend fou ! Je veux plus te voir, Tara…

Mon sang se glace. Cette phrase glisse sournoisement dans mon corps comme un poison. C'est foutu. Il me demande de partir.

– Je comprends… Je m'en vais, lâché-je, vidée, la gorge serrée, le plexus compressé.

J'attrape ma valise, j'avance telle une condamnée à mort vers le portail de la maison, croisant Jean, l'effleurant presque, il est si près que je perçois sa chaleur, son trouble, sa colère. J'ai du mal à marcher, le sang ne coule plus dans mes veines, je suis une morte-vivante, je ne suis plus rien. J'atteins la route en titubant, ces chemins que j'ai tant aimés les étés précédents, bordés de pins, baignés d'ombre et de lumière, nous menant vers les rouleaux de l'océan, ou les collines sportives débouchant sur un lac d'huile…

Jean ne bouge toujours pas. Poings fermés, fixant les baguettes éparpillées à ses pieds. Moi, j'ai encore le sac de croissants à la main. Quel gâchis.

– Tara, attends, tu vas où ?

Mon cœur diffuse une onde brûlante dans mes artères.

– Je vais au bar de la plage retrouver mon ami Jack qui part voir son fils à Biarritz. De là-bas, je chercherai un moyen de rentrer à Lille.

– D'accord. Je ne dis pas aux filles que tu es venue. C'est mieux.

– Oui, c'est mieux, soufflé-je.

Une flèche assassine vient de percer mon sein. Je m'écroule.

Coup-rt-circuit

– Vous souffrez d'un syndrome frontal post-commotionnel dû à un léger traumatisme crânien, c'est certainement ce qui est à l'origine de vos évanouissements et de vos… changements d'humeur, nous explique l'interne de service aux urgences d'Arcachon, le doigt posé sur la photo de l'intérieur de ma tête exhibé sur un panneau lumineux.

– Mais au premier scanner, ils n'ont rien vu. Il n'y avait pas de traumatisme, pas de commotion… balbutié-je.

– Le TCL ne fait pas de lésion au cerveau. On ne voit rien au scanner.

– Et que doit-on faire ? interroge Jean, inquiet.

– Rien. Beaucoup de repos, physique comme cérébral, pendant plusieurs jours. Ne pas bouger, ne pas lire, ne pas réfléchir. Le mieux, c'est de dormir. Je vous conseille aussi de commencer une psychothérapie. En attendant, je vais vous prescrire des antidépresseurs.

– Des antidépresseurs ? Elle tombe dans les pommes pour un rien depuis qu'elle s'est pris ce coup et vous lui dites qu'elle est dépressive ? Ce n'est pas logique, votre truc. Vous êtes certain qu'il n'y a rien d'autre ? Quelque chose, même tout petit, que vous n'avez pas vu ?

– Il n'y a ni kyste, ni œdème, ni hématome. L'examen clinique est normal, monsieur. Le cas de votre épouse n'est pas rare. Un TCL, notamment si le traumatisme a été à l'origine d'une perte de connaissance, même courte, peut faire place ensuite à certains symptômes gênants ; céphalées, fatigabilité, irritabilité, troubles de la mémoire, de l'attention… et provoquer des difficultés dans la vie quotidienne du patient, avec parfois des ruptures sur le plan socioprofessionnel, scolaire, familial, relationnel ou affectif. Voilà pourquoi je lui prescris du repos, des antidépresseurs et un suivi psychologique.

Jean attrape l'ordonnance et sort de la pièce sans mot dire. Je lui emboîte le pas en remerciant rapidement mon soignant.

– Je ne supporte pas ces mecs qui prennent un air suffisant parce qu'ils ont fait dix ans d'études ! Dépressive, dépressive ! Mais tu ne déprimes pas, Tara, c'est même le contraire, non ? Tu croques la vie à pleines dents ! Tu profites à fond ! C'est toi-même qui le dis.

– Jean… Calme-toi… je lui réponds en lui caressant la main.

Je sais la haine qu'il a pour le corps médical et tout ce qui concerne la maladie. Jean craint la maladie et tout ce qui s'en rapproche. Il aime ce qui est sain, fort, en bonne santé. Alors, m'imaginer malade, faible, ou juste psychologiquement fragile, ça le rend fou.

– Je vais bien, Jean. Mais il a raison. J'ai subi un choc, et ça a changé des choses en moi. Des choses qui peuvent ne plus jamais redevenir comme avant. Mais je considère que j'ai de la chance. J'aurais pu perdre la mémoire, ou le sommeil, ou le goût. J'aurais pu souffrir d'atroces migraines, mais non, rien de tout ça, je suis juste plus sensible à mes émotions et mes ressentis. C'est déstabilisant, mais je réussirai à les gérer. Et puis, pour être honnête, comme tu viens de le dire, je me sens plus vivante depuis.

– Vivante ? me coupe-t-il. Vivante ! En m'engueulant parce que j'ai envie de toi même pendant tes règles ? En pleurant pour un rien ? En couchant avec ton ex ? Tara, si c'est ça, être vivante, très peu pour moi !

– Jean… S'il te plaît.

– Pardon, Tara, je suis trop con. J'ai eu si peur tout à l'heure. Je t'ai vue t'effondrer et je n'arrivais pas à te réanimer. J'ai paniqué. J'ai cru te perdre, vraiment. Et c'est pas ce que je veux… C'est pas ce que je veux…

Il éclate en sanglots et m'attire contre lui. Je pleure aussi.

– Je t'aime. Je t'aime tant.

Il me serre si fort que j'en suffoque, mais je ne bouge pas. L'instant est si précieux. Je retrouve mon homme, son odeur saline, son torse sportif, sa respiration chaude, le velours de ses cheveux. Comme au premier jour, mon corps se tend, s'électrise à son contact, une envie de lui, brûlante, soudaine, m'assaille. Un besoin primaire d'être à lui, contre lui, lui sur moi, en moi. Je sens nos corps fusionner, ne faire qu'un, s'accorder, dans un léger mouvement, une danse invisible qui nous fait voyager loin de ce hall sordide d'hôpital, tous les deux, rien que nous deux.

– Je t'aime aussi, Tara. Il faut que j'arrive à te pardonner. Il faut que je me dise que ce n'est pas ta faute. C'est ton état. Dans le cabinet du toubib, j'avais presque envie qu'il trouve une anomalie sur le scan, quelque chose de visible qui prouverait que tu n'agissais pas de ton plein gré. C'est pour ça que j'ai la haine.

– Jean… J'ai agi de mon plein gré. C'est bien moi que tu vas devoir pardonner, pas une raison médicale…

– Je sais… Et ça fait chier.

Huit heures plus tôt, Jean me demandait de partir, je m'éloignais, vaincue. Je me suis réveillée plusieurs minutes plus tard, sur un transat dans le jardin. Ève me faisait de l'air avec un magazine et Ambre m'épongeait le front. Jean était au téléphone : il parlait aux pompiers. Tout était trouble autour de moi. J'avais chaud et soif. Puis le gyrophare, le camion rouge. Jean qui monte avec moi.

– Non, Jean, reste avec les filles. Je peux y aller seule.

– Pas question. Elles ne sont pas seules. Jack est là.

– Jack ?

– *Hi, love.* En tombant, ton téléphone s'est mis à m'appeler. J'ai entendu Jean qui criait, j'ai eu peur et j'ai débarqué. Ne t'inquiète pas. Je m'occupe de tes filles.

– Et ton fils ?

– Il est prévenu. Il m'attend.

Coup-rbatures

Deux jours de repos complet. Deux jours de sommeil. Deux jours de câlins, de tendresse, d'amour, de sourires. Ils sont tous les trois aux petits soins avec moi. Je passe de la chaise longue au canapé, du canapé au lit, du lit à la plage, du sable au matelas pneumatique sur le lac, du matelas à la chaise longue et rebelote. Mes amours de filles me chouchoutent. Elles ont eu peur en me voyant par terre. Tu parles d'une surprise ! J'espérais une scène de comédie américaine, avec le retour acclamé d'une maman épanouie, bronzée et souriante, les bras chargés de viennoiseries, mais ce fut plutôt le thriller angoissant, réveil en sursaut par les cris du père, vision épouvantable d'une mère inconsciente gisant sur le sol, la sirène, les pompiers, un inconnu anglais qui parle à peine leur langue en guise de baby-sitter… Mes chéries. Et c'est moi qui suis responsable de toutes ces émotions…

– Et Papa était insupportable pendant ton absence, se plaint Ève, en vérifiant du coin de l'œil que son père n'écoute pas. Il faisait celui qui était cool, mais on voyait bien avec Ambre qu'il était malheureux. Dans ces cas-là, tu le connais, il en rajoute. Il sifflote sans cesse, il devient hyperdynamique. Il ne s'arrêtait jamais. « Allez, on va à la plage », « et surf », « et paddle », « et Bodyboard », « et skimboard », « et vélo », « et course à pied »… On n'en pouvait plus ! Et puis Oscar qui n'est pas là… C'est vraiment nul, cette année.

– Ouais, je préfère quand tes amis ils t'offrent des massages ou des trucs qui te font pas partir loin de nous, continue Ambre.

Mes filles, mes trésors. Je goûte au bonheur d'être avec elles. L'injonction médicale de ne bouger ni un doigt de pied ni un neurone m'offre finalement ce magnifique cadeau d'être en présence de ceux que j'aime sans rien faire d'autre que d'en profiter pour les observer, les câliner, les écouter. Sourire de leurs anecdotes, rire de leurs mésaventures, laisser mes yeux s'embuer de leurs souffrances. Cet épisode, mes changements d'état soudains, mon départ précipité, les jours passés seules avec Jean, l'absence de leur frère, tout cela les a chamboulées. Et les a fait grandir, à n'en point douter.

Condamnée à ne rien faire, j'apprends à les écouter simplement, pleinement, sans essayer de rationaliser, d'expliquer, de résoudre, de justifier, ni même de m'en vouloir. Je me laisse imprégner de leurs paroles, douces, puis fortes, joyeuses, puis tristes… C'est bon. C'est vrai.

Jean est adorable avec moi. Il reste encore distant. Animal pris au piège, blessé, trahi. Il lui faudra du temps pour me refaire confiance. Je le sais. Mais je n'ai pas peur. Il me donne une deuxième chance, et je saurai en être digne. Je le regarde souffler cérémonieusement sur les braises du barbecue. Comme si notre vie en dépendait. Un homme des cavernes, conscient de la préciosité de ces flammes, en lien avec les éléments de la nature. Reconnaissant au feu de nous griller notre côte de bœuf. Il sait vivre ces petits moments avec respect et gratitude. J'admire tant ce talent en lui.

– Salut, Maman…

Je me jette hors de ma chaise longue, tel le clown à ressort qui jaillit d'une boîte en bois. Je frissonne. Oscar… Oscar est là. Face à moi. Encore plus beau que dans mes souvenirs. Mon bébé, mon petit homme. Mon grand homme. Je le trouve changé, masculin, plus vieux.

– Oscar…

Mon cœur explose, les larmes jaillissent, incontrôlables. Je n'ose aller vers lui. Je n'ai pas oublié sa colère, son rejet, son dégoût à mon égard. J'ai encore mal de l'avoir déçu, blessé. Je revois son regard tueur, ses poings serrés à s'en casser les pouces, sa mâchoire contractée. Je revis cet ignoble moment, où j'ai compris qu'il nous avait vus, jugés, détestés. Mon cœur a failli lâcher tant il battait fort. Je ressens encore cette peur panique, cette espérance insensée que le temps s'arrête, qu'on rembobine le film. Non, je ne pouvais pas être irresponsable à ce point. Je n'avais pas le droit de faire souffrir mon fils. Avec ce baiser, je cassai son monde, ses certitudes, la pureté de sa vie. Je le poussai à devenir adulte, sans préavis, à me voir autrement que sa mère. À me voir en faute, coupable. Avec son père en plus, ce qui est d'autant plus traumatisant pour un enfant de parents divorcés. Mon Oscar, par ma faute, a vu ses parents comme des êtres viles, faibles, égoïstes, trompeurs et ridicules.

Et là tout de suite, mon corps ressent au poil près ce qu'il subissait ce maudit matin. Douleur, défaillance, urgence. Il se tord, il se crispe, se comprime, se gonfle. Il va exploser… il va…

– Ça va, M'man ? Maman ! T'es blanche…

Je l'entends qui me questionne, mais ce n'est pas net, ça résonne, comme s'il parlait dans un tuyau. L'émotion est trop forte. Je sens que je pars. Jean se précipite vers moi, abandonnant le steak sur le grill, courageux sacrifice pour un inconditionnel de la viande bleue. Mais je me reprends, les papillons s'estompent. Mon ouïe redevient nette et je peux observer de nouveau le visage magnifique mais inquiet de mon fils. Mon amour, mon fils…

– Pardon, Oscar. Pardon, mon amour… articulé-je dans un souffle.

– C'est fini, M'man, c'est passé. T'inquiète… me répond-il en ouvrant ses bras dans lesquels je me presse.

Si j'étais metteur en scène, je clôturerais cette scène sur ce câlin, cette merveille, ce chef-d'œuvre d'amour inconditionnel, symbole de résilience et de pardon. Ma caméra ferait un gros plan en plongée sur nous deux, puis agrandirait le cadre en montant de plus en plus haut dans le ciel, révélant un beau carré de pelouse verte, deux filles qui se joignent avec bonheur et rires à l'étreinte de leur frère et leur mère, un homme les observant, en retrait, souriant, les yeux mouillés, et un barbecue fumant, avec une alléchante côte à l'os en train de se transformer en semelle trop cuite.

Dimanche 7 janvier 2018

« Il y a des mots qu'on ne voudrait jamais prononcer. France Gall a rejoint le Paradis blanc ce dimanche 7 janvier, après avoir défié depuis deux ans, avec discrétion et dignité, la récidive de son cancer. »

Je m'immobilise, la tasse de thé que je viens de me préparer figée entre la table de la cuisine et ma bouche. France Gall est morte. Ma tasse me glisse des mains. J'éclate en sanglots.

Coup de chapeau

– Tara ! Tara ! Qu'est-ce que t'as ? Qu'est-ce qui se passe ? C'était quoi ce bruit ? Pourquoi tu pleures ?

– France Gall est morte !

– Mon amour… Viens que je te fasse un câlin.

– Faut que je joigne mes parents. Ils doivent être dévastés.

Non, je ne suis pas une groupie inconsolable de France Gall. Et oui, je suis toujours cette Tara qui s'est pris un mauvais coup le jour de l'élection de Macron, qui vit des montagnes russes émotionnelles et des virées sensorielles sur la lune depuis ce fameux 7 mai 2017. Cette Tara dont le père était aux abonnés absents depuis plus de treize ans. Cette Tara qui a balancé ses quatre vérités à sa mère trois jours après l'incident. Cette Tara qui a trompé son deuxième mari avec son premier mari et s'est fait choper par son propre fils. Cette Tara qui ne maîtrisait plus ses impulsions physiques, ses élans de cœur, ni grand-chose dans sa vie. Qui est descendue d'un bus en Inde pour passer trois jours à ramasser des déchets, sympathisant avec une intouchable. Qui a embrassé Amma, chanté des mantras avec une Allemande, traversé la France avec un Anglais, et perdu connaissance un paquet de fois. Je suis toujours cette Tara. C'est toujours mon histoire. Mais tant de choses ont changé que je ne saurais par où commencer…. Aussi, pour le moment, je me concentre sur ce que je viens d'entendre à la radio.

France Gall est morte. Un mois après le décès de Johnny, France Gall s'est volatilisée à son tour… Les idoles respectives de mon père et ma mère, parties en fumée à quelques jours d'intervalle. La mort de l'un concluant 2017 et celle de l'autre introduisant 2018. Je suis secouée. Une telle coïncidence est troublante. Déjà, lors du départ d'Hallyday, j'avais eu le sentiment qu'un bout de mon enfance s'était envolé avec lui. Combien de souvenirs avais-je sur des titres de l'idole des jeunes ? Mon père qui fredonnait « Noir c'est noir » en préparant la salade, en bourrant sa pipe, en lisant son journal. Mon père qui me faisait tournoyer dans le salon dès qu'il entendait « Gabrielle » à la radio, un petit sourire au coin des lèvres. Mon père qui trucidait les oreilles de ses potes en chantant à tue-tête « Les Portes du pénitencier », accompagné à la guitare par son copain Michel. Il avait le même blouson de cuir aviateur que le chanteur dans ses jeunes années. Il lui ressemblait un peu d'ailleurs, grand blond aux yeux bleu acier, charmeur, romantique, mystérieux, écorché vif.

Et à l'instant, c'est l'autre moitié musicale de mon enfance qui vient de partir en fumée. France Gall s'en est allée aussi, emportant avec elle tant d'autres souvenirs. Ma mère qui m'emmène à 12 ans voir sa chanteuse préférée au Zénith de Paris. Mon premier concert, ma première fois dans la capitale. Ma mère qui pleure à chaudes larmes en apprenant la crise cardiaque de Michel Berger, solidaire de sa star, comme si elles étaient amies proches. Ma mère qui découpe les photos de France dans les magazines pour demander à sa coiffeuse de lui faire la même coupe. Elle lui ressemblait un peu, elle aussi.

Et voilà. Fini. Disparues les stars parentales. Puis, je pense à eux. Comment vivent-ils cela ? Si ça me touche autant, comment se sentent-ils, eux ? A-t-il versé une larme ? Est-elle effondrée devant sa télé ? J'attrape mon portable et rédige un SMS à mon père pour prendre de ses nouvelles. Pas un roman, juste quelques mots, mais c'est déjà énorme, après tant d'années de silence : « Hello, je pense à toi. Comment tu vas ? Quel temps fait-il à Porto ? Biz. »

Je m'assois ensuite confortablement dans mon gros fauteuil avant de composer le numéro de ma mère. Pour elle, ce sera plus long. Je m'y prépare.

– Salut, Maman…

Je raccroche dix minutes plus tard. Je sonde mon cœur. Ni amertume, ni culpabilité, ni colère. Je me pince presque pour y croire. J'ai pardonné à mes parents. Je le sais, je le sens. J'ai vécu une délivrance, un nœud s'est défait. C'est bon, léger. Qu'ai-je fait pour arriver à ce résultat ? Rien justement, absolument rien. J'ai continué à vivre, j'ai lâché prise, simplement.

Je ne saurais l'expliquer, je n'ai aucune certitude de ce que j'avance, j'ai encore trop de doutes, de pensées cartésiennes, de principes tout faits et de peurs insaisissables pour affirmer quoi que ce soit, pourtant, j'ai l'intuition qu'un changement chimique s'est fait en moi et que ça a également bouleversé mon environnement. Ça s'est propagé à mes proches, ma famille, mes parents. Mon père a repris contact avec moi, il y a quelques semaines. Par SMS… Incroyable mais vrai, il a refait surface le 6 décembre dernier, jour de la fête des enfants, pour envoyer une jolie photo de lui sur mon téléphone, provoquant en moi un hoquet qui fut difficile à faire passer. Après maintes hésitations, nous décidâmes, les enfants et moi, de lui renvoyer une photo de nous. Ainsi avons-nous recommencé à communiquer via ce petit appareil magique qu'est le Smartphone, sans mot, mais en images. Aussi ai-je réussi à digérer ma colère, et à remplacer mon détestable sentiment d'abandon par un regain d'amour paisible. Attention, nous n'irons pas jusqu'à dire que nous sommes copains comme cochons, loin de nous l'idée de nous revoir, ou même de nous appeler... Mais je sais qu'il va bien, qu'il vit au Portugal avec son amie, et que sa photo surprise en disait bien plus long que toute autre explication écrite ou orale.

Quant à Maman, elle a aussi beaucoup évolué depuis notre dispute. Ou est-ce le regard que je pose sur elle qui a évolué ? En tout cas, je ressens moins d'animosité. Je n'ai plus peur de ce qu'elle pourrait me reprocher, plus besoin de me protéger d'éventuelles morsures. Et comme je suis moins sur la défensive, elle est moins dans l'attaque. Le cercle de notre relation se fait ainsi plus vertueux.

C'est drôle : nous sommes dimanche 7 janvier. Voilà donc huit mois tout pile que c'est arrivé, le 7 mai. Huit mois de surprises, d'aventures, de claques et de caresses. Huit mois d'apprentissage, d'expérimentation, de changement, huit mois d'une intensité rare qui ont fait de moi à la fois une nouvelle femme et celle que je suis vraiment depuis toujours. Ma vue se brouille en y pensant. Je cherche mon homme du regard, comme pour m'aider à me remémorer le fil des événements. Après avoir ramassé les débris de mon mug explosé au sol, il s'est lancé dans la préparation d'une galette maison pour fêter les rois en famille. Et quand je dis famille, je parle bien évidemment de Jean, Ève, Ambre et Oscar, mais aussi de… Guillaume.

Qui aurait cru, après cet été, que nous finirions tous à la même table à élire roi et reine ce dimanche ? Et pourtant, comme pour mes parents, la magie du pardon a opéré.

Remontons au jour où Oscar est arrivé à Biscarrosse.

Jean avait appelé Oscar pour lui dire que ma santé le préoccupait, que cette inquiétude lui avait fait prendre conscience qu'il m'aimait malgré ce qui s'était passé et qu'il ne supporterait pas de me perdre. Il a parlé à Oscar d'homme à homme, lui demandant d'imaginer sa vie sans moi. Le lendemain, Oscar appela son père avant de débarquer à la maison.

Depuis, tout a changé. Guillaume est de nouveau dans ma vie… mais pas seul. Après nos frasques imbéciles et destructrices, sa randonnée sur les chemins de Compostelle l'a aidé à remettre son cœur en place. Pendant ses longues heures de marche, il s'est senti cruellement seul, une femme lui manquait. Mais il s'est rendu compte que ce n'était pas moi. Il s'était accroché à moi, resté sur l'échec de sa famille idéale, rêvant de réparer les dégâts. Mais il se trompait. Notre histoire ne pouvait reprendre. Je n'étais plus celle qui le comblerait. Il avait laissé partir Marie, lassée d'attendre qu'il soit prêt à construire avec elle. Et il l'a regretté, mais il restait focalisé sur nous, moi, ce que nous avions perdu et pourrions peut-être retrouver un jour.

Notre nuit, sauvage et crue, inconcevable et déplacée, l'a écœuré. C'était loin de l'idée qu'il se faisait de la vie amoureuse parfaite. Alors, il a fui sur les chemins comme pour se purifier, se nettoyer, déposer cette erreur sur les bas-côtés et avancer vers la réparation. Comme moi, finalement, qui voulais nettoyer la terre en Inde. Il cherchait à se débarrasser d'un fardeau, de notre fardeau, notre relation. Au fur et à mesure des jours, un autre visage est apparu : Marie, celle qu'il avait refusé d'aimer.

Petit à petit, Guillaume avait compris ce qu'il avait fait endurer à Marie, jusqu'à l'obliger à le quitter. Pour ne pas ressentir, ne pas souffrir, toujours rester concentré sur Tara… Il l'avait rejetée, n'ayant pas su accepter leur bonheur. Elle s'entendait bien avec Oscar. Elle l'équilibrait, elle avait besoin de lui, le rendait fort et épanoui. Il l'avait laissée partir. Son orgueil, sa quête d'un idéal l'avait fait tout gâcher.

À son retour de Compostelle, Guillaume, courageusement, a appelé Marie. Ils se sont revus. Je crois qu'elle l'attendait, résiliente. Ils se sont installés ensemble et filent le parfait amour.

Jean a réussi lui aussi à revoir Guillaume sans que l'image de nous deux allongés dans les sous-bois ne lui saute au cou. Ce fut long, mais la présence de Marie fut un vrai atout. Oscar va bien. Lui aussi est heureux de vivre avec elle. Sa relation avec son père s'est beaucoup apaisée. Cette mauvaise expérience l'a rendu plus adulte. Il est plus responsable, philosophe. Je le vois quitter doucement l'adolescence, devenir moins buté, moins tête brûlée. Il a envie de réussir son bac et se verrait bien kiné. Il est prêt à s'en donner les moyens. Je suis sereine, fière de lui.

Oserais-je dire que je suis une femme épanouie ? Je suis comblée par ma vie de famille. Réconciliée avec moi-même. Amoureuse et aimée de Jean, qui a appris à me voir différemment, sûrement parce que je lui ai montré une autre partie de moi. La peur s'est atténuée. Mes sens se sont développés. Je me suis ouverte, j'ai arrêté de me cacher, bien malgré moi, sans vraiment le vouloir. Je n'ai pas eu le choix. Il fallait que je lâche prise sur ce qui m'arrivait si je ne voulais pas perdre pied. Que j'accepte de ne pas pouvoir tout gérer, et que ça n'est en rien un danger. J'ai donc laissé faire la vie. Je me suis laissé imprégner par ces émotions renversantes, par ces ressentis déstabilisants. J'ai accueilli ces coups de vent intérieurs, ces ouragans sensitifs. J'ai beaucoup appris sur la vie et sur moi-même. Je vis aujourd'hui chaque minute comme si c'était la dernière, mais aussi comme si c'était la première. Je me sens vieille et très jeune. J'ai du mal à décrire cette sensation. Mon cœur est à la fois celui d'une centenaire et d'une petite fille. Il n'a plus rien à prouver mais tout à éprouver. C'est ça : je jouis de la vie sans en être esclave.

Oh, comme mon cœur s'emballe quand je me dis cela ! Jouir de l'existence, expérimenter chaque instant comme un événement nouveau, un apprentissage, un trésor à découvrir. Vivre, vibrer, ressentir, respirer et en être consciente !

Bien évidemment, je ne suis pas toujours euphorique, j'ai des hauts et des bas, comme tout le monde, je vis des moments difficiles, je ris, je pleure, je suis en colère, triste, agacée. Je ressens la peur, l'impatience, le dégoût, la déception. Aucune émotion ne m'est épargnée. Mais je ne les fuis plus, je les vis, je les laisse émerger, sans frustration, sans crainte qu'elles me submergent. Je m'y baigne, curieuse de ce qu'elles ont à me dire. Il en est de même pour mes sensations. Leur intensité m'est quelquefois agréable et d'autres fois inconfortable. Mais je mesure la chance que j'ai d'avoir tous mes sens enfin réveillés. Comme si je sortais d'un très long coma sensoriel. J'ai donc décidé de faire un gros travail sur moi. Comme après des années d'engourdissement, il me fallait rééduquer mes sensations. Je pratique beaucoup le yoga, la danse, je médite énormément. J'en ai développé un instinct incroyable. Aujourd'hui, je sens mon corps me parler. Je sais écouter ses messages. Et c'est absolument vertigineux.

Mon portable vibre : j'ai un message sur WhatsApp, une photo d'Adji et d'Abhaya. Adji, c'est ce jeune homme qui m'avait abordée en plein fou rire dans une allée d'Amritapuri. Il dirigeait une ONG œuvrant pour le respect de l'environnement. Je lui avais expliqué comment j'avais sévi comme éboueuse clandestine dans cette petite ville d'Inde. Après mon passage, les habitants ont décidé qu'il était de leur responsabilité de garder leurs trottoirs propres. Sous l'impulsion d'Abhaya, ils ont continué le travail que j'avais commencé ; chaque jour, un groupe de plus en plus grand passait une heure à nettoyer les rues. La presse s'est emparée du sujet, le phénomène s'est amplifié et est arrivé une seconde fois aux oreilles d'Adji, qui a décidé de prendre les choses en main.

L'association « Rubbish Queen » est née en septembre : elle a pour vocation d'informer sur les dangers de la pollution, des décharges sauvages et de mobiliser les populations pour plus de respect de leur environnement. Chaque semaine, des groupes de membres de l'association nettoient un quartier de leur ville, renseignent les riverains sur ce qu'il faut faire et ne pas faire pour éviter la pollution et militent auprès des instances concernées pour mettre en place des mesures concrètes comme le tri ou le recyclage. Abhaya est devenue l'un des piliers de l'association en Inde. J'ai pris la présidence de l'antenne française, Jack a lancé la succursale à Bali, son fils, Peter, qui est parti vivre en Australie pour se rapprocher de Mauri, cette sœur qu'il connaissait si peu, a ouvert un bureau à Sydney, et Greta en Allemagne. Nous sommes pris en charge par l'ONG d'Adji. Le mouvement se développe à vitesse grand V. Greta a commencé à donner des concerts pour récolter des fonds. Le succès a été immédiat. Nous avons été contactés par beaucoup de médias, intrigués par ce mouvement populaire. Quelques personnalités nous ont rejoints. Nous avons dû embaucher des personnes pour professionnaliser l'organisation. Mes filles sont très investies, elles ont créé « Rubbish Princess », réservée aux moins de 15 ans. Elles vont faire des conférences de sensibilisation dans les écoles et les collèges. Elles organisent des journées de nettoyage. Comme elles me surprennent, comme je les aime !

Mon vieil ami Thierry a lui aussi prêté main-forte à l'ONG. Styliste dans une grosse boîte de la région, il a convaincu la direction de créer des vêtements en tissu recyclé et d'organiser un défilé de mode en soutien à « Rubbish Queen ». Et, bien sûr, il a forcé sa vieille amie Tara à défiler dans sa robe de mariée en sacs-poubelle ! Je le soupçonne de s'être un brin vengé de toutes les mésaventures que j'ai pu lui faire vivre dernièrement. Jean a même dégoté des mécènes pour affréter un voilier aux couleurs de « Rubbish Queen » et, avec une équipe de jeunes de son lycée, il longe les côtes européennes pour sensibiliser au problème des océans poubelles.

Je suis toujours institutrice. Toute mon école a embarqué avec moi dans cette aventure. Je travaille beaucoup, je n'ai pas un moment à moi. Je vis intensément. Mais je ne regrette rien. Je suis heureuse et à ma place. Je repense à ces trop nombreux moments de doutes. Ces questions sans cesse sans réponse. Quels sont mes rêves ? Quel est mon chemin ? Quels sont mes désirs ? mes choix ? J'étais incapable d'y répondre et ça me faisait tant souffrir. Petite brindille plantée dans un pot de terre sèche qui tentait désespérément de devenir un arbre.

Aujourd'hui, je suis l'arbre. Ancrée, enracinée, les branches dans le vent, les bourgeons émergents.

Je suis Tara, j'ai 44 ans, je ne cherche plus mon rêve, je suis mon rêve.

Merci

Merci à vous que mon chemin a croisés et qui, par vos histoires, vos gestes, vos réflexions, votre beauté d'âme, votre humanité, vos émotions, vos rires, vos cris et vos larmes, m'avez inspirée et aidée à créer des personnages qui portent un petit bout de vous.

Merci à vous qui, même si notre relation a pu être difficile, m'avez fait grandir, apprendre, accueillir. Vous m'avez enseigné la résilience, la patience, le pardon.

Merci à vous, mes amis de toujours, confiants, encourageants, mes premiers lecteurs, mes premiers correcteurs, mes premiers critiques, toujours avec bienveillance et amour. Ma bande de fous, mes sœurs de cœur, mes bons vieux potes. Je vous aime tellement.

Merci aux sorcières et magiciens de l'amour et du bonheur qui viennent à moi depuis quelques temps, nos amitiés récentes me comblent.

Merci à vous, mes filles, Louise et Jeanne, qui me rappelez chaque jour, par votre présence pleine de vie, où se trouve mon essentiel. Grâce à vous, je connais l'amour inconditionnel.

Merci à toi, Nicolas, mon amour, mon mari, mon amant, mon meilleur ami. Tu me fais vivre un conte de fées depuis 24 ans. Je sais que je ne suis pas toujours simple… Merci d'aimer tout de moi. Je t'aime.

Merci à ma famille, mes racines, mes chers parents, mon frère et mes nièces adorées. Notre histoire, comme pour beaucoup de familles, est faite de *Coups* durs et d'amour *Pur*.

Merci à ma belle-famille, vous qui avez adopté ma fantaisie, mes élucubrations, mes folies dès que je suis entrée dans votre vie.

Merci à vous, qui m'avez aidée à autoéditer mes deux premiers romans, qui sortiront très bientôt chez Kiwi.

Merci à vous, chère équipe de Kiwi, qui avez sauté de joie à l'idée d'éditer ce roman. Merci à Katia, Édouard, Axelle, Paloma, Elya… Vous réalisez un rêve de gamine en me publiant.

Merci à vous qui m'avez lue. Merci d'avoir suivi Tara dans ses mésaventures sensorielles et émotionnelles. Merci de m'avoir suivie jusqu'à ces dernières lignes.

Et ce n'est que le début…

Retrouvez l'autrice Florentine HENNON

Son site : www.florentinehennon.com

Facebook, Instagram, LinkedIn : Florentine Hennon

Dépôt légal : juin 2021
Achevé d'imprimer en France par
la Nouvelle Imprimerie Laballery en mai 2021.
N° d'impression : 105360
La Nouvelle Imprimerie Laballery est titulaire du label Imprim'Vert.